新潮文庫

土の中の子供

中村文則著

新潮社版

8355

目次

土の中の子供

土の中の子供

1

あらゆる方向からのバイクの光で、逃げ道がないことを知った。無数のバイクはただエンジンを鳴らし続け、もう何もすることのできない私をいつまでも観察し続けていた。だが、この状態はあと数秒も続かないだろう。バイクからは男達が降り、その手に持った鉄パイプで、私を気が済むまで打つのだろうから。

恐怖で足の力が嫌になるほど抜けたが、さっきから、別のことに気を取られていた。こうなることは、全《すべ》て私が予想していたのではないか、という考えについてだった。私は少し前まで、深夜の街をうろうろと歩いていた。目的もなく、煙草《たばこ》を吸いながら、招かれるように明かりの少ない方へ、街のもっとも暗い位置を探すように歩いていた。彼らに会ったのは、公園の脇《わき》にある自動販売機の前だった。停車したバイクに乗ったまま、それぞれがジュースを飲み、煙草を吸い、酔ったように何かを嚙《か》み砕いていた。始め、彼らは私に注意を向けなかった。私が彼らに向かって煙草の吸い殻を投げつけるまでは、彼らは陽気に、大きな笑い声さえ上げていた。

あの時私は、彼らに吸い殻をぶつけてやりたいという、明確な意志をもっていた。無意識ではなく、何となくでもなく、はっきりした意識での、はっきりした行動だった。こんなところでたむろしているクズ達には、こうしてやらなければならない。あの時の私の考えはそういうものだった。だが、今バイクの光を浴びている私には、なぜそんなことを考えたのか理解できない。

こういう窮地に追い込まれることは決まっていた。先のことを考えずに馬鹿《ばか》な行動をした、と言えばそれまでだが、こういうことは、以前から度々あった。一昨日も、信号を見ずに右折しようとした車に、危険をわからせてやるというただそれだけのために、わざと避けるのをやめて目の前に立ち止まり、急ブレーキをかけさせたばかりだった。共通しているのは、いずれも私がその行動の結果として、自らを危険にし、不利な状態に陥るということだった。

「しかし、何でかなあ」

バイクから降りた、多分リーダー格のスキンヘッドの男が、焦点の定まっていない目で力なく言った。他のものはまるで何かの儀式のように、エンジンを鳴らし続けている。男は鉄パイプを振り上げると、私の身体《からだ》がどうなろうと興味がないような虚《うつ》ろな表情で、力強く振り下ろした。脇腹に当たると予想を越えた激痛で息が止まり、一瞬遅れて焼けるような熱が、耐え難い刺激となって全身に走った。息をするのが難しく、萎縮《いしゅく》した喉《のど》で辛うじて息を吸い込むと、弱々しい、裏返った声が口から漏れた。痛みと恐怖で、身体の細かい震えが止まらなかった。立ち上がろうとしたが、膝《ひざ》や足首の関節が硬直したように動かなかった。

「金、全部。そしたら、そうだな……、あと、じ、十回くらいで、許したるよ」

男はそういうと、私の出方を待つように、煙草に火を点《つ》けた。小銭入れしか手元になく、全て合わせても千円に満たないだろうと思った。だが、私は首を横に振っていた。声を出そうとしたが、顔が焼けるように熱くなり、気がつくと、地面にうつ伏せで倒れていた。地面にあたっている頬が冷たく、歯茎から溢《あふ》れて止まらない血液が口の隙間《すきま》から少しずつ漏れていた。もう彼らは飽きたのかと思ったが、状況は変わっていなかった。私が気を失ったのは、意識が一瞬途切れたに過ぎない短い時間だった。

——殺したら、面倒かな。

——でも、これが悪いんじゃん。

——まあ、誰もいねえし、俺達はここの人間じゃねえしなあ。

エンジン音がいつの間にか止《や》んでいた。気配で、自分を複数の人間が見下ろしているのがわかった。土の臭《にお》いを嗅《か》ぎながら、奇妙な感覚に襲われた。全身を圧迫されるような恐怖や、先のまったく予測できない不安に掻《か》き乱された感情の奥に、確かにある、何か得体の知れないものに、胸がざわついていた。私の口もとが、微《かす》かにほころんでいる。もっと殴られ、蹴《け》られていけば、自分はミンチのようになり、この地面の奥深くに、土と同化するように消えてなくなるかもしれない。恐ろしかった。奪われるように力が抜け、速くなる心臓の鼓動が苦しかったが、痙攣《けいれん》している背筋を、悪くないと感じていた。恐怖のための震えが、少しずつ、何か別のものに変化していく。私はあきらかに、何かを待っていた。恐ろしいにもかかわらず、でも確かに、じっと待機しているような感覚があった。疑念がよぎったが、もうどうでもよくなっていた。彼らは一斉に、鉄パイプを振り下ろしてくるのではないだろうか。自分の身体が、どこか高い場所から下へ下へと落ちていくように錯覚した。いつ下に叩《たた》きつけられるのだろうか、という不安。いつ彼らは、私に攻撃を再開するのだろうか、という不安……。

——ああ、ちょっと待ってくれよ。これが喋《しゃべ》れるうちにさ、これの知り合いの女を、携帯でここに呼び出してもらうってのはどうだ？

——そりゃいいな、さっき逃がしたとこだしなあ。

——そりゃあいい。

——いいなあ。あああ、そうするか。

私は激しい失望を感じ、「俺じゃ駄目なのか？」と馬鹿なことを叫んだ。彼らは一瞬静かになったが、やがて一斉に笑い始めた。脇腹に痛みが走り、頭を上から押されて土が口の中に入った。彼らが私のズボンのポケットをまさぐった。失望の、静寂が拡《ひろ》がる。彼らが手にしたのは、小銭入れと、煙草とライターだけだった。

——つまんねえ。おい、こいつつまんねえ。

——殺したろうぜ。

——いや、まて、殺さんで、適当でいい。

——うるせえな、どうでもいいだろ？

——ああ、ちょっと待てよ。お前そんなんでやったら、マジいっちまうぞ。

全身を蹴られながら、意識が遠くなっていくのを感じた。バイクの光に照らし出されながら、無残にされるがままになっている自分を、虫ケラのように感じた。私は興奮していた。この状況に似つかわしくない感情だと思った。蹴られている痛みに、マゾヒスティックな快楽を感じているというわけではなかった。彼らの攻撃はしつこく、激痛しか感じない。虫ケラでいることに、陶酔しているというわけでもなかった。何というか、きっとこの先にあるものを、私は待っていた。何か、私を待っているものが、そこに確かに存在するように思えた。それが何であるのか、まだはっきりしない。だが、やはり自分はこういう状況を始めから期待していたのではないかという思いが、大きくなっていった。「こいつの叫び声、何か変だぞ」「おもしれえなあ、何だこいつ、おもしれえよ」彼らの声が遠くに、しかし執拗《しつよう》に聞こえた。一際《ひときわ》大きな衝撃が走り、脳が奇妙なリズムで揺れ始める。自分という存在が粉砕されていくように思え、視界が掠《かす》れ、嘔吐《おうと》の感覚に耐えられず咳《せ》き込みながら吐いた。だが、意識を失いたくはなかった。意識を失えば、それで終わりになってしまう。私はその何かに、到達することができなくなる。そう思いながら、目を開き、苦痛を感じ続けた。このまま時間が過ぎていけば、私は何か、他のものになるのではないか。だが、それが何であるのかも、やはりわからなかった。私は叫び声を上げた。自分の声であるのに、それは、知らない人間の声のように私の中に響いた。

2

ドアを開けた白湯子《さゆこ》は、出迎えた私を怪訝《けげん》そうに見つめた。私に起こった惨劇を心配したのか、このように顔の腫《は》れ上がった男を見るのがただ不快だったのか、表情からは読み取れなかった。どこに行っていたのか聞こうとも思ったが、面倒になってやめた。彼女の身体からは、強いアルコールの匂《にお》いがした。

「喧嘩《けんか》でもしたの？」

「うん。何だかよくわからないうちにね、そうなったんだ」

「相手は一人？」

「いや、十人くらいいたかな…」

私がそう言うと彼女は顔をしかめ、いつまでも視線を逸《そ》らすことがなかった。昨日、結局意識を失い、自分を引きずるようにして部屋に戻った。思ったほど、身体に痛みは残っていなかった。意識を失った私を見て、彼らは死んだと思い逃げたのかもしれない。帰る途中に思ったことは、こういうことはもうなしにしたい、ということだった。あの時の期待など、もう興味を失っていた。残ったのは憂鬱《ゆううつ》と、やり場のない疲れだけだった。特別に性欲を感じていたわけではなかったが、あまり聞かれたくないような気がし、帰ってきたばかりの白湯子をベッドの上に座らせた。横たわった彼女は目を開いたまま、私の動きの一つ一つを無表情に観察していた。セックスに感じない彼女は、行為の間に声を上げることはなかった。

半年前、私が教材のセールスの仕事を辞めると、パートの事務員だった白湯子も人員削減のために辞めることになった。夜の仕事との両立が難しく、彼女はいずれ辞めるつもりだったようだが、先に会社に言われたことに腹を立てていた。飲み屋で派手に男と言い争いをしていた彼女に再会した時、自分の部屋も、ほとんど金も持っていなかった。男とその場で別れたために、住む場所を失ったということだった。

それから白湯子を連れて帰りセックスをしたが、その間、彼女はぼんやりと天井を眺め続けていた。男と一緒に暮らすのならセックスは仕方がないと、その態度は諦《あきら》めているかのようだった。私は彼女の不感症を変えようとあらゆる努力をしたが、結果は同じだった。妊娠して大学を中退し、男の方は他に女をつくりどこかに逃げた。それでも産む決心をし、外に出てきた子供が死んでいたのを見た後から、感じなくなったのだと彼女は言った。

「昔、その死産が原因じゃないかって言われたことがあったの。その時のショックでセックス自体が嫌になって、拒否してるんじゃないかって。どう思う？　人間ってそんな簡単にできてるの？　そんなことってあるのかな」

以前彼女に聞かれた時、私は「そうなんじゃないか」と適当な返事をした。それを聞いた彼女は「だったら人間なんて単純で、つまらないね」と独り言のように言った。

私のセックスが終わると、彼女は煙草に火を点けた。煙を吐き出しながら天井を眺め、私に何かを言おうとして黙り込んだ。熱を帯びた頰に痛みを感じ、冷やそうと思い台所でタオルを濡《ぬ》らした。だが、なぜか自分がこの沈黙を誤魔化すためにそうしているような気がし、嫌な気分になった。部屋の静寂の中で、水道から流れる水の音がやたらと大きく響いた。彼女はわざと静寂を破るように、「知り合いと朝まで飲んでたのよ」と言った。「知り合いって言っても、キャバクラしてた時の同僚なんだけど、奢《おご》ってくれるっていうし…ほら、前に一緒に行ったクラブ」

「ああ」

もっとしっかりした返事をしようと思ったが、身体が重く、気だるくて仕方がなかった。「ねえ、あなた最近、本当に仕事に行ってるの？　帰ってくる時間、いつも微妙に違うじゃない」

いつものことだが、彼女の話題は変わるのが早かった。

「休みをもらったんだ。何となく。でも来週からは行くよ」

「タクシーの運転手なんて、そんなにもうからないんでしょう？　それで休むなんて、大丈夫なの？　お金ないなら、私もまた誰かに拾われなきゃならないじゃない」

彼女はそう言うと静かに笑い、私の頬にタオルを当ててくれた。笑う時、彼女の頬にはえくぼができた。まるでその部分だけは彼女の人生の影響を受けなかったかのように、それは子供のようで、彼女に似つかわしくは見えなかった。彼女はセックスが終わると、自分の目的がそこから始まるように、段々と饒舌《じょうぜつ》になることがあった。

「昔の知り合いで普通のサラリーマンだった人がいたんだけど、その人ね、いきなり仕事辞めて、何もしなくて部屋にばかりいるようになったの」

「へえ」

「それでね、痴漢になったのよ」

「痴漢？」

「うん。埼京線の朝と夜にね、ほとんど毎日。でも捕まって、何とかお金で済んだんだけど、その次には薬を打つようになって」

「それで？」

「お金足りなくなって、男相手に売春するようになって、それでも払えなくなって、腎臓《じんぞう》を一つ売ったのよ」

「幾らだったんだろうな」

「知らないよ。それで身体を壊して入院して、薬物中毒がばれて刑務所に行ったの。

今はどうしてるのかわからない」

「その先が知りたいな」

「何で？」

「その先に、そいつがどうなったのか。何ていうのかな、人間の最低なラインってどこなのかっていうかさ。どこまで行けるものなのかなって」

　私がそう言うと、彼女は笑った。

「変な人って多いからね、そうなる必要もないのに、わざとみたいにダメになった人とかさ。その人もそうだよ。最後に会った時、馬鹿《ばか》みたいに笑ってて満足そうだったし。こういうのは、何かきっかけがあったとか、環境のせいなのかな。それとも、ただ単にそうなりたかった、っていうだけなのかもしれないけど」

「そうなりたい？」

「うん。ダメになってしまいたいって感じ、何となくわかるでしょう？　ほら、集団自殺するネズミっているじゃない、そういう本能みたいなのがさ、人間にもインプットされてるとか」

　なぜかその会話は、私に言おうとして、彼女がわざわざ用意していたものであるように思えた。

「…わからないなあ」

「でも、そうだったら素敵だと思わない？　そのネズミみたいに、日本中の若い人の全部がダメになっていくのよ。ダメな方へ、全員が次々と墜落していくの。そうなったら面白いよね」

彼女はそう言うとまた一人で笑ったが、私の曖昧《あいまい》な反応のせいか、それから静かになった。私は仰向《あおむ》けになり、何度読んだかわからない『城』を読み返した。遠くで急ブレーキの音がし、クラクションが鳴り響いた。彼女は近眼の人間がするように目を細め、その視線を辿《たど》ると窓から月が見えた。満月ではないが、それは大きく、存在を誇示するように堂々と、美しく輝いていた。彼女はよく、月を見ながら目を細めていることがあった。妊婦として取り残された最初の夜、空に浮いていた満月の美しさに、惨《みじ》めな気持ちになったのだと言ったことがあった。

「ねえ、カーテン閉めてよ」

私はカーテンを閉めて、彼女の隣に身体《からだ》を入れた。彼女は身体中の力が抜けたように、ぼんやりと煙草《たばこ》を吸い続けていた。無意識にだろう、左手で、何かを試すように自分の身体を撫《な》でるように触っていた。私は、やはりセックスなどしなければよかったのだと思った。

「あなたを見てると、時々、気味が悪くなる」

彼女はそう言ったが、私は黙っていた。

「何だか、どんどん痩《や》せていくみたい。だって、おかしなことばかりするでしょう？　でも…、そういうのが、安心するのかもしれないね。あなたが生き生きしてたら、私は不安になるのかもしれない。変な話だけどさ」

眠るには早かったが、私は目を閉じた。翌日、酷《ひど》くうなされていたことを彼女から聞いた。

3

久し振りに乗るタクシーの臭《にお》いに、胸が悪くなった。元々自動車というものが好きではなく、この職業に向いていないと乗る度に思う。だが、考えても仕方がなかった。自分に向いている職業など出会ったことはないし、探し求めていれば、いつまでも金を稼ぐことなどできない。

池袋西口のロータリーには、既に三十を越えるタクシーが列をつくっていた。場所を変えた方がよかったが、一度停車してしまうと面倒になってやめた。煙草に火を点《つ》け、不快な臭いを立てるクーラーを切って窓を開けた。外でコーヒーを飲んでいた同業者の中年の男が、私に視線を向けている。どうしていいかわからないうちに、「その傷はどうしたんだ」と喋《しゃべ》りかけられていた。私は黙っていたが、彼は心配した表情を崩そうとしない。「タクシー強盗じゃないだろうな。最近多いみたいだからなあ。金のない奴《やつ》が、金のない奴から金を奪うんだよ。しかし、酷い傷だな。

喧嘩でもしたのかい」

同じ職業というだけで、彼は私に話しかける権利があると思っている。なぜ、このように他人に興味をもつことができるのか、私にはわからない。人と持続した関係を築くのも、難しいことのように思える。白湯子との関係も、流れのままに、惰性となっているからこれほど続いてるとしか思えなかった。

返事をせずに、ハンドルを回しながらアクセルを踏んだ。彼の驚いた様子を思い出し、悪いことをしたような気がした。だが、そう感じるのは間違っているだろうと思う。悪いことをしたと感じるなら、最初から何か返事をすればよかったのだ。

熱心でなかったこともあり、夜になるまで客を乗せることができなかった。郵便局の角を曲がろうとした時、左手に見えるコンビニエンスストアの前で、私に向かって手を上げる初老の男を見つけて近づいた。休みを取っていたから、一週間振りの客ということになった。彼は酔っていた。乗車する前から、ぶつぶつと何かを呟《つぶや》いている。彼が喋りかけるタイプの客であることに気がつき、気が重くなった。以前、こういう客に、経済や政局といったどうでもいいことについて、長々と演説されたことがあった。彼は行き先を告げると、私の景気について質問した。いいわけがなかった。彼を目的地に運んでも、メーターは千五百円にも届かない。

「ああ、若いねえ…。俺の息子と同じくらいじゃないかな…」

彼は運転席の後ろに掲示してある私の写真を見ながら、親しげな口調で喋り始めた。それは、入社当時の私の写真だった。改めて乗務員証に目を向けると、まだ僅《わず》かな期間しか経《た》っていないが、その表情は今よりも若く見えた。

「でも……、珍しいんじゃないか？　今まで乗ったタクシーの中で、一番若いと思うなあ…。ええ？　そうだろう。タクシーの運転手なんて、若い奴がやる職業じゃないんだがなあ」

彼が返事を求めていたので、私は曖昧な声を出した。

「こういうのは、色々な職業をやってきた奴が、最後に辿り着く類《たぐ》いのものだと思うんだけどね…、そうだろう？　他に何かやれることがあるんじゃないか、まだ若いんだから」

信号が赤になったのを、憂鬱に感じた。私がまた曖昧な返事をすると、彼は機嫌を損ねたように見えた。私は付き合わなければならなかった。

「ええ、まあ、探してはいるんですけど、不景気ですから」今日、これが私の発した最初の言葉だった。

「そうか、いや、でもまあ、働いているだけ立派なんだけどな」

彼は機嫌を直したようだった。

「俺の息子なんて、働きもしないで音楽にかまけてるんだよ。まるでそうしていないと自分が否定されるとでもいうくらいにな、気の毒なくらい、何やら必死なんだ。何かの機材買ったりＣＤ買ったり、金ばかり使う」

彼は煙草に火を点け、なおも喋り続けた。

「俺達の時なんて、もっと他に考えることがあったけどな…。大学の頃は、仲間達と暴れたんだよ。あんたらにはわからんかもしれんけどな。今だって、暴れなきゃいかんことが立て続けに起こっとるじゃないか。そうだろう？　あんた達はおとなし過ぎるよ。羊みたいだ。それとも何か、あんた達はみんな戦争が好きなのかい？」

信号が青になったが、目の前の車は反応が著しく遅かった。速度も一定でなく、時折吸い寄せられるように右へと寄っていく。飲酒運転だろうと思い、車線を左に変えた。

「ああ、まさに羊の群れだよ、あんた達は。これだけ都合のいい民衆もないだろうに。結局のところ、何が起ころうがどうでもいいんだろう？」

私に続いて、後続の車が全《すべ》て車線を変えようとしていた。あの車はじきにどこかにぶつかるだろうと思った。酒の匂《にお》いが車内に溜り、少し窓を開けた。

「あんた達は、その、個人的な問題にな、囚《とら》われ過ぎてるんだよ。まあ、あんたのことは知らんが、少なくとも、うちのあれはそうだ。自分の問題を、自分の中だけで解決しようとしてる。だから、パンクするんだよ」

ラジオから流れてきた歌謡曲に、彼は満足したように耳を澄ましていた。目を閉じているから、このまま眠るかもしれない。眠りながら吐かれでもしたら、厄介なことになる。バックミラーで観察していると、不意に目を開けた。

「おい、どうした？　その傷は何だ？　大分腫《は》れてるじゃないか」

バックミラー越しに目が合っていた。「酔って転んだんです」と言うと、彼は大きな声を出して笑った。目的地に着いたが足元がよろけ、車から降りて支えなければならなかった。

車庫へと帰る途中、あの公園を見つけて車から降りた。先日の男達は、今日は来ていないようだった。自動販売機でコーヒーを買い、ベンチで飲んだ。トンネルを形どった遊具が二つ、滑り台の横に並んでいた。周囲を遮り、中に入る者を包み込むような円柱の形状は、特別趣向を凝らしたものではなかったが、私は美しいと思った。あるいは大人用ではないかと馬鹿な考えを浮かべながら、招かれるように中に入り、煙草に火を点けた。腰の位置が安定しないが、冷たいコンクリートの感触は悪くなかった。

施設からの連絡を受けてから、私の行動は一時的に、より酷くなっていたような気がした。一週間前に聞いた父親が生きているという知らせは、同時に母親が死んでいたことも私に告げた。いつもそうだ、と私は思った。自分の中で終わったと思っても、事柄はしつこく、また面前に現れてくる。今さら、父親が生きていると知ったところで、私にとって何の意味があるだろう。私の前から姿を消した二人の親は、記憶にすら存在しないのだ。会いたいという彼の望みを、私は理解することができない。そういう望みを今になって持つこと自体、正しいこととは思えなかった。

二人の親がいなくなってから、私は幾つかの家をぐるぐると移動していたようだった。その頃のことはうっすらとした記憶しかないが、やがて遠い親戚《しんせき》の家へと引き取られてからのことは、はっきりと覚えている。私はそこで何度殴られ、蹴《け》られたかわからない。打ちのめされずに、殺されることもなく生活をやり過ごすことが、希望だった。自分の本当の親の存在に意識が向くにはまだ幼く、また、そのような余裕もなかった。考えるようになったのは、施設に保護されてからだった。

親が自分を捨てなければ、あのような目に遭わずに済んだのだという思いを、しばらく引きずった。そういう思いを引きずるのは私の弱さだったのかもしれないが、記憶にない抽象的な親は、恨む対象でしかなかった。だが、時折彼らを想像しようとする自分に、戸惑うこともあった。彼らは結局私を捨てたのだが、それ以前、生んだ当初は、私に対して何かしらの希望があったのではないのだろうかと。やさしい人間になって欲しいとか、出世する人間になって欲しいとか、その時の希望を知ることができたなら、そのように生きることも可能だろうかと。何か事情があったのではないかと思うことで、自分の本来帰るべき場所を、本来あるべきだったはずの時間を、自分の中で確保しようとしていたのかもしれない。だがそれも、月日が流れ私が成長し、親からの連絡のない時間が過ぎていく過程で、私の中で褪《あ》せた。そして、もう二十年を越えた。

今となっては、もうどうでもよかった。今の私は働いている限り、生きていくことができる。不幸ではないし、不利な立場でもない。あの家でのことを考えるなら、二十七まで生きたというだけでも、大したことではないかとも思う。今頃父親の現れてくることの意味を、少しも感じることはできなかった。彼の詳細を、私はそれ以上尋ねなかった。

ただ問題なのは、私の中の意欲のようなものが、段々となくなっていることだった。この日々をただ持続させていくことにおいてさえも、同じように言えた。死にたいなどと、思ってはいなかった。だが、自分が何かに惹《ひ》かれているような気がした。希望と表現することが明らかに間違っているような、何かの望みが、私の中にあるように思う。それは姿が見えず、正体がわからない。ただ、私の生活を歪《ゆが》めようとしていることだけしかわからない。

穴から出ても、外の風景に変わりはなかった。私と白湯子が見ようとしなかった月が、昨日と同じように、周囲の雲を浮かび上がらせながら輝いている。車に戻り、エンジンをかけた。ラジオでは、戦争の情報が繰り返し流れていた。

マンションに戻ると、ドアの前に女が倒れていた。スカートが捲《めく》れ上がっているのは、付近の住人の仕業かもしれない。近づかなくても、白湯子であるとわかった。彼女の他に、私の部屋に用のある人間などいない。

覆《おお》い被《かぶ》さった長い髪を搔《か》き上げると、やはり酔っていることがわかった。顔を紅潮させ、荒々しい断続的な呼吸に表情を歪めていた。こういう白湯子を、今までに何度も見たことがあった。彼女を抱き上げ、部屋の中に入れてベッドに寝かせた。辺りにアルコールの匂いが充満したので、窓を開け、タオルを水に濡《ぬ》らして額に乗せた。彼女は巨大なポンプのように、激しく息を弾ませていた。この状態が続くなら、病院に連れていった方がいいかもしれない。だが、彼女は私と同じで、病院というのを忌《い》み嫌っていた。

彼女が目を覚ましたのは、二時間ほど経った頃だった。私はその間、聞きたくない音楽を聞きながら、見たくないテレビを見ていた。彼女は掠《かす》れた声で、部屋の鍵《かぎ》をなくしたことを、しつこいくらい、何度も詫《わ》びた。それを聞きながら、彼女もある程度私に気を使っているのだと思った。

「何でこんなに酔ってるのか、聞かないの？」

「どうして？」

「どうしてって、酷《ひど》いねえ、私に興味がないってことじゃない」

彼女はそう言うと苦しそうに笑った。

「いや、違うよ。何ていうか、言葉の受け答えが下手なんだよ」

「知ってるよ……、ねえ…何で私を追い出そうとしないの？」

彼女に見られながら煙草《たばこ》に火を点け、言葉を探した。白く筋をつくる煙草の煙が、少しずつ形を崩しながらいつまでも消えなかった。

「じゃあ君は、何でこの部屋にいる？」

「私は……」

彼女は考えているのか、私の卑怯《ひきよう》な返事に呆《あき》れたのか、仰向《あおむ》けになり、セックスの時のように天井を眺め始めた。

「私の親のこと、前に話したでしょう？」

「ああ、何度も聞いたよ」

私はそう言ったが、彼女は聞こえていないように喋《しゃべ》り始めた。

「私の母親は…父親がどんなことをしても別れようとしなかった。女つくっても、お酒飲んで暴れても、お金を全部使い果たしても、最後までしがみついてたのよ。母親が大嫌いだった。ああいう風にはならないって、心に決めたのよ。でも、心に決めたことに必ずしも自分がついて行けるとは限らない、そうでしょう？」

私は煙草をくわえたまま頷《うなず》いた。

「今まで、ろくな男がいなかった。子供の父親だった男も、考えられないくらい、くだらない男だった。馬鹿《ばか》みたいに愛してるとか簡単に言う奴《やつ》ほど、すぐにいなくなる。…まあ、私もろくな女じゃないから、お似合いなのかもしれないけどね。好きになるタイプが、呆れるくらい母親に似てるのよ」

彼女はそう言うと笑ったが、まだ天井を眺め続けていた。

「感じなくなった時、これは自分に対する戒めなんじゃないかって、馬鹿なことを思ったりした……。もう男に関わらないように、私の身体《からだ》がそうなったんじゃないかって。でも、今の私はあなたに依存してる。母親が死んでから、何もする気が起こらない。本当に、自分でもびっくりするくらい、何もしたくないのよ。死ぬ勇気すら、湧《わ》いてこない」

「それは仕方ないよ。昼も夜も働いて、母親の治療費を稼いでたんだから。疲れたんだよ。嫌いなのに、最後は助けようとしたんじゃないか」

「そう見えた？」

彼女はそう言うと、自分を馬鹿にするように笑った。酔って血の気の引いた表情が、奇妙な輝きを見せたように思えた。

「きっと、私の看病は、当て付けだったのよ。母親に対して、ほら、あなたの娘は、あなたのせいでこんなにもがんばらなければならないって、四六時中、見せつけてたのよ。大変そうでしょうって、疲れてみえるでしょうって、しつこいくらい、復《ふく》讐《しゅう》してたのよ」

「違うだろ」

「そうだよ、私はそんな人間なんだから。彼女は…父親が連れてきたどっかの女のために、彼らの布団《ふとん》まで準備したことがあるのよ。ここまでくると病気でしょう？　大嫌いだった。母親だけじゃない。あの家全部が、本当に、大嫌いだった。でも一番嫌いなのは、こんな自分、いつまでも混乱して、馬鹿みたいに影響されて、男に逃げられたくらいで動揺して子供を死産させたのよ」

「やめろよ」私は少し大きな声を出した。「疲れて、酔ってるんだよ。もう寝ろよ」

「結局、私は親みたいな人生を送って死ぬのかもしれない。そう考えると怖いでしょう？　私は嫌になるくらい母親に似てる。変えようとすればするほど、逆に似てくるのよ」

彼女は気がついたように喋《しゃべ》るのを止め、私の顔を見ながら言葉を探すように黙り込んだ。私は、何かを言わなければならなかった。

「ああ、大丈夫だよ。それに、俺を殴ってたのは本当の親じゃない。いなくなった後に俺を引き取った、遠い親戚の夫婦だよ」

「……そうだね。でも、だとしたら、あなたはまだ自分の本当の親に期待がもてる」

目の前にある壁の黒い染《し》みが、私に喋りかけているように思えた。壁の傷で凹凸ができ、それは注意して見るとうなだれた男の表情に見えた。

「もう、そんなことを考える年齢じゃないよ。昔は、たまに考えたこともあったけどさ。学校の美術で賞をもらった時、自分の親も絵が得意だったのかとか、担任から内向的だと言われた時も、親もそうだったのかってさ。自分を分析することで、逆に親が見えてくるような気もしたよ」

「そうね、あなたは自分の親をもっと知る必要があるのよ」

「知ってどうなるんだよ。まあ、聞いたこともあったよ。でも、施設の人は誰も教えてくれなかった。まあその感じから、ろくでもないって大体想像はできたけどね。中学に入る頃には、教えられようとしても、もう聞きたくなかったよ。苛々《いらいら》したし、だって、今さら意味なんてないじゃないか。親は親、子供は子供だよ。関係ない」

私がそう言うと、彼女は何かを言おうとして黙り込んだ。点《つ》けたままになっていたテレビから、通り魔事件のニュースが流れていた。人生が嫌になったから誰かを殺したかった、キャスターは簡単に理由を読み上げた。続いて保険金目当ての殺人があり、飲酒運転のトラックに轢《ひ》かれた子供の写真が映った。教師が子供を殴り、子供が教師を殴っていた。私は煙草に火を点け、大きく吸った。

「確かに、君には君の親がいるし、俺には俺の親がいるだろうけど」

私は気がつくと、また話し出していた。

「でも、関係ないよ。確かに遺伝されている部分もあるだろうけど、俺達は俺達で考えてるし、当たり前のことだけど、性格だって環境で変わるし、元々別の人間なんだし。君は、血とか遺伝とか、そういうものに神経質になり過ぎてるんだよ。親のせいだけにするのはよくないよ」

彼女は喋り始めた私の様子に、少し戸惑っているようだった。私は決まりの悪い思いがした。

「確かにそうだけど、たまらないのよ。母親やあいつの血が少しでも自分に流れてると思うことが。ほんの少しでも、嫌で仕方がないの。お腹《なか》の中にね、固まりがあるような気がするのよ。あいつらの遺伝子みたいなのが、そこに住んでるみたいに感じるのよ。あいつらの特質を、引き受けた印みたいにさ。錯覚なのはわかってるけど、血が流れてるのは本当でしょう？　生理的に、我慢できないの」

私は、彼女の言うことはわかるような気がしていた。そうであるのに、なぜ私は彼女が傷つくところまで、会話を続けたりしたのだろう。

「私は、このままどんどんダメになっちゃいそうで、怖いんだよ。上手《うま》く言えないけど、誰かに後ろから押されてるような感じがするの。抵抗してるんだけど、何ていうのかな、抵抗した結果、結局ダメになるっていうか、ああ、もういい……。

嫌になる」

私はもう一度煙草に火を点け、自分の腹の中に固まりがあるように想像した。見ず知らずの人間の情報が自分の中にあることに、気味の悪さを感じた。それはヒクヒクと動き、私の身体全体に細かい糸を張り巡らし、私の判断や行動に、私が知覚できないほどの小さいレベルで影響を与えているのだろうと思った。

不意に、明日目を覚ますことを憂鬱《ゆううつ》に感じた。これからも続く日々の連続が、重い煙のように、自分を包むように思えた。だが、これはよくあることであり、何かの気分の加減で回復することはわかっていた。私は、また『城』のページを開いた。永久に辿《たど》り着くことのできない結末の周囲を、文字に身を埋めるようにぐるぐると回った。

4

飲んでいたコーヒーの缶を、窓から外へ落とそうとした。この部屋は四階にあるため、地面までは充分な距離があった。こうする度に、私はいつも緊張を覚えた。指が硬直したように痺《しび》れ、缶を支えている接点が汗のために滑った。私は不安になる。心臓の鼓動が徐々に速くなり、行為を止めようとする力が、私の意識に上がる前に、指に影響を与えているかのように思えた。だが、逆らうように手を放した。それが意志であるのか、ただ抵抗しただけなのかはわからない。手を放したあと後悔したが、しかし確かに湧き上がる解放感で、自分が満たされていくように思えた。下へ落ちていく缶を見届けながら、胸がざわついていた。自分が緊張から解放される感覚と、新たに生まれた不安に、首筋に汗が滲《にじ》み、急《せ》かされるように呼吸が速くなっていた。もう、私の力ではどうしようもない。これは私の行為であるが、既に私のコントロールの外にある。もう、全《すべ》ては遅いのだ。下に叩《たた》きつけられるのは、いつだろうか。もう、叩きつけられてもいい頃のはずだった。まだだろうか。不意に、高く固い音が響き、心臓を打たれるような重みを胸に感じた。缶は地面から大きく跳ね、二回宙に浮いたあと、捨てられたものとして転がっていた。予想よりも、時間がかかった。次はもっと重く、抵抗のあるものを落としたいと思った。

以前から、妙なことだが、ものを落とすのが好きだった。いや、好きというより、ただそういうことを繰り返していた、といった方が正確だったような気がする。幼少の私を引き取った施設は小高い丘にあり、裏口から出てしばらく歩くと、二十メートルほどの崖《がけ》が断層を作っていた。崖の前には緑色の高い柵《さく》があり、それは私達とその崖との関係を遮断していた。しかし私はまだ小さかった手を柵の隙間《すきま》から出し、様々なものをそこから落とした。ビン、石、缶、鉄屑《くず》、砂……、しかし、一番心が騒いだのは、トカゲなどの、生き物を落とした時だった。既に尻尾《しっぽ》の切れたトカゲや無自覚なカエルを摑《つか》み、柵から腕を出し、手を、ぱっと放す。一つの生物が落下し、まだ死んではいないが、数秒後に確実に死のうとしている。それを見届ける時いつも不安を覚えたが、その不安は、なぜか私を慰めた。動揺していく感情の中に確かに生まれる、ノスタルジーのような、甘味の漂う感覚が、自分に拡《ひろ》がるのを感じた。そうしながら、自分を痛めつけた「彼ら」のことを考えていた。このトカゲの落下によって、今自分がトカゲに行った行為を通して、過去の自分に行われたことを確認し、その本質を探ろうとでもいうように、その癖は執拗《しつよう》で、残酷だった。人が私に一撃を加える。その一撃は放たれた瞬間、もう取り返すことはできない。それによって私が死んでしまうか、まだ生きているかは、彼は決めることができず、私も決めることができない。その攻撃の強さと、私の耐久性との関係であり、それは外から確認することはできない。トカゲが落下していく。トカゲがいくら空中でもがいても、結果は同じだった。もう私は手を放してしまっているのだった。あとは、どれだけの時間、叩きつけられずにいることができるかに過ぎなかった。結果のやり直しのきかない、圧倒的な、暴力。その不自由、無抵抗——。そして、行為者である私は胸がざわつき、不安や、後悔が残る。しかし、私に対しての彼らにそういう様子はなかった。あるいは解放感を、感じていたのかもしれないのだが。

しかしこの行為には、暴力の性質を探るという意味合いとは別の何かが、やはりあったように思う。自分という存在の芯《しん》を突くようなものが、その現象の全体の中に、確かに存在していたような気がした。それは漠然とし、あのバイクの男達に蹴《け》られながら感じようとしていたものと同じように、正体がわからない。暴力自体の確認とその感覚は、互いに絡《から》みつき、何かを形作ろうとしているように感じた。

空腹を覚え、冷蔵庫を開けたが何もなかった。部屋に微《かす》かに残るアルコールの匂《にお》いで、またどこかに出かけていった白湯子の気配を感じた。どういうわけか彼女に、今この場所にいてもらいたいと思った。だが、これは私のエゴだった。いてもらいたいのは、特別に彼女でなければということはなかったからだ。すぐに消え去るその時の感情で、彼女に何かを話すのは正しいとはいえない。人間は自分を多少甘やかしていなければ生きていくことはできないと、高校の時の教師が言っていたような気がする。だが、私はいい予感のしない自分の人生に、他人を巻き込むわけにはいかなかった。

やることがないのにもかかわらず、私はまた、仕事を休んでいた。決していい兆候とはいえない。ドライバーという仕事は、時間を忘れさせてくれるような職種ではない。私は、もっと没頭できるような、たとえばノルマ制の工場の単純作業のような仕事を、選べばよかったのかもしれない。気がつくと時間が過ぎ、疲れて眠り、働き、また気がつくと時間が過ぎていく。そんな風にこの人生の時間をやり過ごしていければ、どんなに気が楽かと思う。つまらないとか面白いということに、私はあまり関心がいかない。ただ、放っておくと徐々に傾き、私を憂鬱にしていく意識から逃れることができれば、それでいいような気がする。

外へ出て汚い食堂に入り、汚い食器に盛られた汚いチャーハンを食べた。ビールを飲み、気がつくと、一時間が経過していた。私はその間、店の夫婦が様子をさぐるほど、ぶつぶつと何かを呟《つぶや》いていたようだった。やはり、いい兆候ではない。店を出ると、人通りがまったくないほど、夜が更《ふ》けていた。時折通過する自動車のライトが、私を照らしながら遠ざかっていった。幾つか聞こえたクラクションは、あるいは私に向けられていたのかもしれない。酔いが回ってるな、と思ったが、実際には自分が酔っていないことはよくわかっていた。

まるで喜びを身体全体で表現しているかのような、両手を挙げた仰向《あおむ》けのヒキガエルが、アスファルトの上で平らに潰《つぶ》れていた。そこから二、三歩歩くと、薄く汚れた白い軍手が、そのだらりと伸びた人差し指で、右、を指していた。私は首を向け、そのまま右に曲がって細い路地に入った。繋《つな》がれた小さな犬が、私が傷つくほどに、狂ったように懸命に吠《ほ》えていた。このまま暗闇《くらやみ》に溶けていくことができたら、あるいは幸福なのかもしれないと思った。どういう幸福なのかはわからなかったが、少なくとも、それは安らかであるような気がした。十階ほどの古びたマンションを見上げ、あそこから何かを落としてみようと思った。子供じみた発想に、胸が微かに踊った。自動販売機で缶コーヒーを買い、エレベーターを使わずに階段を上がった。コツコツと響く自分の靴音が、この行為を何か儀式めいたものにしているように感じた。熱がコンクリートに吸収されているのか、空気が冷たかった。踊り場に辿り着く度に吹き抜ける静かな風で、汗が、少しずつ乾いていくようだった。

最上階へと続く階段の踊り場では、風を強く感じたような気がした。私はそこから下を見下ろし、開けていない缶を親指と人差し指で支えていた。私はその状態から、手を放す。その直後、後悔に似た不安が私の内部を乱した。中身の入った缶は、恐ろしいスピードで落下していく。墜落していく缶の不安を思うと、たまらなくなる。加害者である私と缶は、不安によって繋がっているように思う。私は缶に親近感を覚えながら、これは愛情であるのかもしれないと思う。静けさを保っていた夜の空気の中で、鈍い、砕けるような音が響いた。缶は血液を噴き出すように中のコーヒーを辺りに飛び散らせながら、予想していたよりも遠くへと、転がっていった。私は、また何かを落としたいと思っていた。踊り場と外を分かつコンクリートの壁の縁が、外側に向かって緩やかなカーブを作っていた。こういうデザインなのだろうと思いもう一度近づきながら、この曲線は私の身体《からだ》に上手く合わさるような気がしていた。腹を乗せ、曲線に身体を預けながら、上半身を外へ乗り出させた。その先には、遥《はる》か遠くに見える地面とは別の、何かがあるように思えた。足が竦《すく》み、力が抜けたが、なぜかその感覚は自分にしっくりくるように思えた。落下していく最中、私の意識はある到達点までいくだろう。私は自分を落下させた加害者となり、被害者となる。不安と恐怖の向こう側に、何かを見るだろう。それを見ることができるのなら、何をしてもいいような気がした。地面に激突していくまでの時間、もう絶対に取り返しがつかないと知った瞬間、私は圧倒的な後悔で身体を貫かれるだろう。落ちていきながら、宙を摑むように手を動かし、回転する身体を、そうしたところで何の効果もないのにもかかわらず、一定に保とうともがくだろう。地面が近づいていることを確実に予感しながら、私は世界の全てを恨む。絶対に助かることのない、あと僅《わず》かで確実に死ぬ存在である自分から、抜け出そうともがくのだ。

その圧倒的に自分の全てを支配する力を体感しながら、私は核心に近づく。私は、予感しているのだった。私はその中で、もっとも私らしくなるのだろうと。だが、なぜそう思うのだろうか。考えても、仕方なかった。実際に体感する機会が、目の前に存在していた。この状態のまま、鉄棒の前回りをするように身体を預けていけば、私は下へと落下していく。落下、この生活から、この世界から、落下する——、私は身体の重心を、徐々に前の方へと傾けていく。早くしてもいいのだが、わざと焦《じ》らしてみたいように思った。鼓動が激しく、全身が濡《ぬ》れるほど汗をかいていた。悪くなかった。この動揺も、不安も、私の血肉のようだと思った。壁の縁に、緑の身体を光らせた甲虫が這《は》い回っていた。乗り出して見えた外壁には、茶色の錆《さ》びのような汚れが枝分かれする筋を作っていた。コンクリートは内部から冷気が滲《にじ》み、表面は主張するようにざらざらとして荒く、私はその感触を余すところなく味わった。身体が前へと傾いていく。均衡するシーソーのように、自分の身体が一つの物であるように感じた。胸ポケットから一本の煙草《たばこ》が滑り、確認するのが難しいほどの速さで下へ落ちていった。それが合図であるかのように、次々と、集団の自殺のように一つ一つ煙草が落下し始める。それは、私を誘う白い矢印の列のように見えた。徐々に移動していた重心がある一点を越えた時、身体が、私の意志とは関係なく滑り、急激に下へと引っ張られるのを感じた。圧倒的な力に、私は捉《とら》えられる。両腕に力を入れ、同時に、腰や両足にも力を入れていた。弾けるように宙に浮いたあと、軽い耳鳴りと共に視界が回転し、右の脇腹《わきばら》に潰れるような激痛が走った。階段の踊り場で倒れていたが、何が起こったのか、わからなかった。目の前の壁の緩やかなカーブを見た時、全身の力が抜け、身体の震えと共に込み上げてくる悲鳴を噛《か》み殺した。自分のしようとしていたことの衝撃で、荒くなる呼吸に胸が苦しくなった。いや、無意識に行動していたのではなかった。自分が下へ落ちていこうとしていた意識の流れを、私ははっきり覚えていた。しかし、意味がわからなかった。なぜ、ああいう行動を取ろうとしたのか。いや、その理由もわかっていたし、やはり覚えていた。もしかしたら、今無事でいることとそれ自体が、私の意志に反しているのかもしれない。足に力が入らず、立つことができなかった。落ち着くために煙草を吸おうとしたが、胸ポケットにそれはなかった。階段を降りるのが難しく、五階ほど下がる辺りまで、屈《かが》むようにしか動けなかった。地面を踏んだ時、その圧倒的な安定感と広さに、目眩《めまい》を感じてもう一度座り込んだ。十数メートルほど離れた空きの目立つ駐車場に、落とした缶を見つけた。それはもう一人の私を示すように、無残にひしゃげ、辺りを酷《ひど》く汚していた。

5

アパートの一階の角部屋、その中でもっとも端にある釘《くぎ》で雨戸を打ちつけた狭い部屋に、私はいつも横たわっていた。残念ながら、私の全生涯を振り返る記憶の中で、この家に引き取られていた頃ほどくっきりと、濃密なものはなかった。私は八歳になるまでの数年の間を、この部屋で過ごした。なぜ「彼ら」が自分を引き取ることになったのか、それは幼かった私の知るところではなかった。定期的に誰かから金を受け取っていたのか、気まぐれだったのか、私は今でもわからない。

遠い親戚《しんせき》の夫婦であった彼らは、生まれたばかりの自分達の赤子に、私が復讐《ふくしゅう》することを警戒していた。彼らの生活圏内に入るためのドアは、外側から鍵《かぎ》を掛けられるように簡単に加工されていた。なぜだかわからないが、あの頃の私は自分をかまってもらいたくてならなかった。それが実の親であっても、そうでなくても、大した問題とは思っていなかったのかもしれない。始めの頃の彼らは、殴られる度に私が上げる叫び声がおかしいと言い、よく笑った。彼らが喜んでくれることを、私は自分にとっての少ない希望だと思っていた。彼らは叫び声が聞きたいという理由だけで、私を殴り、蹴ることもあった。私は蹴られることよりも、殴られる方を好んだ。そちらの方が、まだ相手との近さを感じられるような気がした。

彼らの赤子は美しかった。澄んだ目をし、分厚い唇は赤くいつもツヤがあった。そういう時、彼ら赤子が泣き、ヒステリーを起こすと私は打たれることがあった。「うちの赤ちゃんが泣いてるんだ。殴られるのは当たり前だろう?」彼らの言うことは、私には理解できなかった。だが、あの頃の私は幼く、その論理の正当性を判断する能力がなかった。これが世界なのだ、と私は思った。世界はそういうものであり、自分はその中で生きているのだと思った。

赤子が立つようになった時、一度、偶然にこちらの部屋に入ってきたことがあった。私達は目が合い、数秒の間お互いを見ていた。私はその美しさに微笑《ほほえ》みかけたが、赤子は顔を紅潮《し》させて酷く泣いた。多分、私の腫《は》れ上がった顔や、辺りにこびりついた血液の染みの跡が、単純に恐ろしかったのだと思う。赤子は泣いていても美しく、肌は触れるのに躊躇《ちゅうちょ》するほど柔らかで、清潔だった。あの時、私は人間の間に確かに存在する、「差」というものを感じた。自分と赤子の存在に明らかな距離を感じ、その刻印されるような事実を、見ているしかなかった。それは私にはどうしようもない事柄であり、変わることなど、あるわけがないと思った。男が私に腕を振り上げる。その力の込められた拳《こぶし》は、確実に私の身体のどこかを打つことが決まっている。私は歯を嚙み締め、全身に力を入れながら、既に決定されたその事柄をただ待つ。恐怖に身体が支配される。恐怖はそれを想像し予感することで、許容範囲を越えてどこまでも巨大化する。拳が私に近づいてくる。落下し、激突する地面が近づいてくるように、それは確実に決定している。私はただ待つ……。暴力は、振えば振うほど新たに行いやすくなるようだった。あの頃の私の希望はもはや脱出というより、休息だった。これからしばらく襲われる必要のない存在となり、静かに眠ることだった。

やがて彼らの暴力はエスカレートしていった。だが、私のために趣向を凝らしたものを創造するのではなく、単純に、その行為に込める力が強くなったのだった。男は主に自分の手足を使い、女は手足だけでなく、時には掃除機のパイプやアイロンなども使った。その頃、何より耐えられなかったのは、彼らが私に力を振う時の、あのつまらなそうな表情だった。面倒臭そうに、憎しみも、怒りも好奇心もなく、ただうっとうしいという感覚のみで、彼らは私を蹴《け》り、打つようになっていた。我慢強かったというより、泣くことを忘れていた私が泣いたのは、その頃だった。

　そもそもなぜ彼らは私に暴力を振うのか。その疑問について、考えたこともあった。だが、幼かった私が行き着いた結論は、彼らが私ではなく他人だからだ、という、単純なものだった。色々と理由はあるのだろうが、少なくとも、彼らが私自身だったなら、私に対してこのようなことはしない。私以外の存在、それが何をしても不思議ではないし、どのようなことをする可能性もあるのだと思った。「他人だからだ」蹴られる度に、私は頭の中でそう呟くようになった。

　暴力のはずみで、元々薄かった壁に穴が空いたことがあった。その隙間《すきま》から、塞《ふさ》がれる前の一日だけ、テレビを盗み見ることができた。芸能人の男女が、旅をする番組だった。男がふざけたことをすると女が笑い、女が何かを要求すると男は嬉々《きき》として動いた。あそこには、自分とは関係のない世界があるのだと思った。自分とは関係のない人間達が、遠い世界の中で、それぞれの幸福を体験しているのだと思った。彼らが笑う度に、怒りを覚えた。それは届くことの決してない、ただ私の中で渦を巻くように蓄積する、感情のうごめきだった。水着の女がアイスコーヒーの宣伝をし、スーツを着た男が、カメラの性能を細々と説明していた。私に関係なく笑い、私とは関係なく過ぎていく世界を、自分を消耗させるほどに、気力の続くまで憎んだ。その頃、私の目は外側から確認できるほど、僅かだが、実際に吊《つ》り上がった。その鏡に映った角度は、今でも私の脳裏に焼きついていた。言葉を失ったのも、その頃だった。始めは口を開くことの拒否だったが、やがて、声を出そうとすると息がつまり、呼吸が難しくなるようになった。

暴力は次第に少なくなり、やがて放置されるようになった。飯を食い、糞《ふん》をする生き物である私を、彼らは疎《うと》み始めていた。極度の空腹に激しい腹痛が伴うことと、汗が出ず、上昇し続ける異常な熱に身体が覆《おお》われるというのを、初めて知った。体力の低下は、意識の低下を招いた。何かを考えること自体にエネルギーがいることも、初めて知ることになった。

ある日、転機というものが起こった。私は彼らの生活圏であるテーブルに座らされ、目の前にカレーライスを置かれていた。衰弱し、立つことができなかったため、人形のように引きずられ、無理に座らされたのだった。「これを食え」と男が言った。「これを食って、よそに行くんだ」

つまり、私を引き取るという話がどこからか出て、彼らは私を手放すチャンスを得たということだった。そして自分達の暴力と放置を隠すために、私を太らせ、怪我《けが》を回復させるつもりだったのだ。私は涎《よだれ》を流したが、食べることができなかった。胃がビチビチと痛み、彼らの目の前で吐いた。彼らは怒り狂い、久しぶりに私を殴った。あの時、あれを食べることができたなら、私には違う人生が待っていたのかもしれない。もちろん、もっと苛酷《かこく》な状況が待っていたという可能性もあった。だが、いずれにしろ、あの時の私はどうしても食べることができなかった。

その辺りから、私の記憶は途切れた。正確にいえば記憶はあるのだが、それは映像を伴わなかった。自分の身体が、その姿形が消え失《う》せ、黒いモヤになったような感じだった。黒いモヤから、私の生きる意欲が——それは眠りたいであるとか、水が飲みたいといった単純なものだったが——微《かす》かに生まれ、その都度加えられる暴力の痛みで死んだ。私はそういった感覚の固まりと化していた。その時、奇妙なことだが、これが人間にとって本当の姿ではないかと思ったことがある。自分が人間になる以前の人間へと、人間として完成する前の未完成な、しかし存在の根源であるような固まりに、なったような気がした。

6

目が覚めると鼓動が激しく、白湯子に肩を揺すられていた。彼女は大丈夫かと繰り返しながら、私を怪訝《けげん》そうに見つめていた。冷えた汗で寒気がし、息をするのが難しかった。「うなされていたから」と彼女は言った。「いつも肩を揺すると静かになるんだけど、今日は起こしちゃったよ」

笑った彼女の頬にえくぼができ、それを見ていると急に気持ちが沈んだ。さっきまでの夢は、忘れることなくしっかりと、私の記憶に残ってしまった。黒い大きな固まりが、私の身体《からだ》を押し潰《つぶ》そうとしていた。しかし恐怖を感じたのはそれ自体ではなく、潰されながら笑っていた、自分自身だった。抱かせてくれと言うと、白湯子は静かに頷《うなず》いた。

セックスをしながら、自分が酷く馬鹿《ばか》げたことをしているという意識が、頭から離れなかった。感覚がないのにもかかわらず私の髪の毛を撫《な》でている彼女の指先に、慰められているような気がした。自分のような人間が生きていることについて考え、嫌な予感がして止《や》めた。こういう方向へ意識が動く時には、ろくなことがなかった。気がつくと、私は動きを止めていた。止めることによって生じる波紋を予感したが、彼女を腕で抱いたまま、これ以上続けることができなかった。どうしたのと聞かれ、言うべき言葉を見つけることができなかった。しばらくすると、彼女は私に聞こえる大きさで溜《た》め息をついた。

「つまらなくなったんでしょう？」

白湯子は自分を守るように、冷たい響きを含ませて言った。

「違うよ」

「じゃあ何でやめるのよ」

「やめたんじゃないよ。何だか、上手《うま》く言えないんだ」

「だから、つまらないんでしょう？　こんな女と寝ていることがさ。気にしなくてやればいいじゃない。ものみたいにさ、わりきればいいじゃない」

「違う、ただ、君に対して申し訳なく思ったんだ」

「は？」

「だから、君は俺に対してよくしてくれてるのに、俺は君を抱いてばかりじゃないか。君はそのことによって喜びは得られないのにさ」

「この部屋に置いてもらってるじゃない」

「そういう意味じゃない。そういうことじゃなくて、俺は君に対して、何もしてやれてないんだよ」

彼女は私を不思議そうに眺めていた。

「急にどうしちゃったの？　何か、私を心配でもしてるの？」

「そうかもしれない。でも、それだけじゃないような気がする。自分が、嫌になったんだ」

「こんな女と寝ていることが？」

「そうじゃないよ」

「じゃあ、何なのよ」

「このまま何の役にも立たずに、虫みたいに死んでいく自分がだよ。しかも、俺は笑ってるんだ。屑《くず》じゃないか。そうだろう？」

彼女は口を開いたが、私の言葉の意味を測りかねているようだった。カーテンの隙間から微かに月の光が射《さ》し、白湯子の痩《や》せた頬に薄い影をつくっていた。それを見ていると、なぜだかわからないが息が詰まった。口論の途中だったが、視線を逸《そ》らすことができなかった。

「いいんだよ。私との関係を終わりにしたいなら」

「そうじゃない。そうじゃないんだけど、今日は、何ていうか、こうしていたいんだよ。その、いつもの感じじゃなくて、今日だけでいいんだ。何か、気持ち悪いかもしれないけど」

私がそう言うと、白湯子は初めて笑った。

「ああ、弱ってるのよ。弱ってるから、私みたいな人間にすら頼りたくなるんだね」

「君は自分で思ってるような人間じゃないよ」

「いいよ、気を使わなくても」

私は何かを言おうとしたが、また言うべき言葉を見つけることができなかった。

買い出しに行くと言った白湯子を見送ってから、何もする気が起こらずベッドに寝たままでいた。今日も、仕事を休もうと思った。この調子じゃクビになると思ったが、危機感が起こらなかった。テレビを点《つ》けたが、何も頭に入らない。部屋が狭くなったような、妙な圧迫感を全身に感じた。

窓から入ってきた蚊が、しつこく私にまとわりついた。対象に近づく度に音を出し、自分の存在を知らせるこの生き物を、気の毒に思った。私は手で進路を塞ぎ、擦り抜けられるとまた同じ動作を繰り返した。テレビの裏に入った時は、その奥を覗《のぞ》き込んだりもした。壁に留まると手で打ち、逃げられると空中で摑《つか》もうとした。自分を馬鹿のように思ったが、どうでもよかった。テーブルに降りたのを見て、透明のグラスを上から被《かぶ》せた。蚊は一瞬激しく上昇し、狭い空間の中を漂い、自分の陥った現状に混乱しているようだった。彼は、もう逃げることができない。彼に対して、今の私は神であるのかもしれないと思った。私は今から、彼をどのようにでもすることができた。

外に出ると、蒸し暑い空気に息が苦しくなった。落ちていく気分を逸らそうと思い、周囲を見渡しながら歩いた。月の強い光が薄くムラのある雲の奥で円をつくり、灰色がかった青白い色彩となってぼんやりと輝いていた。レンガ模様のマンションの隙間《すきま》に続く細い路地を抜け、長屋の脇《わき》を曲がり、自動車が目立つ広い道路に出た。コンビニの光に注意を向けると、中から泣いている子供を連れた、背の高い女が出てきた。彼女は優しくなだめていたが、子供は何が気にくわないのか、ほとんど叫ぶように泣き声を上げていた。子供の靴は歩く度に、笛のように高いコミカルな音を立てた。私は親しみを覚え、その場に立ち止まって煙草《たばこ》に火を点けた。その時、女が子供を打った。私は目の前に強い光を浴びせられ、一瞬目が眩《くら》んだように思った。少し遅れて両腕に痺《しび》れを感じ、段々と、追い立てられるように鼓動が速くなっていった。子供の靴の音が、頭に響いていた。頭痛がし、その場を離れたいと思ったが、上手くいかなかった。だが、目の前には、優しくなだめている女の姿があった。私が立ち止まる前の雰囲気が、そのまま続いていた。女はなだめ続け、子供は泣き続けていた。気のせいだろうか。私には女が打ったように思えたが、実際には打っていないのだろうか。わからなかったが、深く考えるのを止めてその場を離れた。

古びたアパートの角を曲がり路地に入ると、外灯に照らされたアスファルトに、干涸《ひから》びたミミズの死骸《しがい》が歩く隙間のないほど、大量に散らばっていた。戻りたくなかったので、それらを踏んでいくしかなかった。微かだが、しかし確かに感じる柔らかい感触に、胸が悪くなった。四、五人の若い男達が、大げさに笑いながら歩いていた。彼らが近づくにつれ、私は緊張し、ほとんど息を止めるように通り過ぎた。その時、あの女が子供を打った映像が浮かび、緊張はそのためだろうとなぜか思った。

川沿いの道に出た時、柵《さく》に覆われた川の微かな流れが気になり、足を止めていた。なぜ気になったのかわからなかったが、落ちれば死に至る水の深さに、嫌な感じがした。川岸の土の上に、干涸びた灰色の泥に覆われた自転車の残骸が、二つに折れ、ねじ伏せられたように埋まっていた。私は、その自転車ではなくなった灰色の固まりから、目を離すことができなかった。気持ちが安らいでいく感覚の中で、こうなってしまいたいと、思っていた。残骸が私の面前に迫り、私の中に入り込み、染《し》み入るような、温かな温度を全身に感じていた。私は二つに折れ、干涸び、泥の中に埋まる。土のひんやりとした感触、ざらざらとした細かい粒が、一つ一つ私の内部に入り込み、私を浸食しようとする。イメージを振り払うように身体を揺すり、その場を後にした。目的のないまま、歩くしかなかった。前へ進みながら、死について考えた。始めはゲームのように、もし今自分が死んだらどうなるかを想像していたが、心臓の鼓動が段々と、速くなっていった。その鼓動は激しく、どうしようもないほど、激しく、私の中で騒いでいた。気味が悪くなり、歩くのを止めた。不安が、自ら意志をもったように、私の中に拡《ひろ》がって止まらなかった。自分は、死を求めているのだろうか。一連の奇行は、全《すべ》てそれに惹《ひ》かれた結果なのだろうか。違う、と私は思った。似ているように思うが、やはり違うような気がした。だが、今の自分は死の近くにいるのではないかという思いを、止めることができなかった。鼓動は治まることがなく、私は遠くから聞こえる踏切の音に、神経を集中していた。よくわからないが、私は今から死ぬのだと思った。踏切は一定のリズムで自分を呼び、私は操られたように吸い寄せられるのだと思った。悪くなかった。わざと暗示にかかるというのが、何だかとても気が利《き》いているように思えた。その時、不意に周囲に拡がる世界を巨大なものに感じた。田園となって広がる地面や、灰色の雲に覆《おお》われた空や、道路や、見えないはずの空気までが、どこまでも巨大に、圧倒的な存在感をもちながらそこにあるように思えた。世界は、その広がりの中に私という存在を無造作に置いたままにしている。私はあまりにも無力であり、私の全存在をかけたところで、この世界に僅《わず》かな歪《ひず》みすら加えることはできない。世界は強く、無機質にただ広がり、私を見ることもなく存在していた。死ねばいい。死んだところで、世界は私に気を止めることなどない。死は他の全ての事柄と等価値であり、この広がりの中では、大した意味など有していない。世界はやり直しの効かない、冷静で残酷なものとして私の面前に広がっていた。心臓は痛く、足の力が抜けて動くことができなかった。だが、恐ろしいという感覚はあるのに、その認識を、上手く摑むことができなかった。自分に、追いついてくることがなかった。踏切はその確固たる音を、確固たるリズムで鳴らし続けていた。恐ろしいと思っている自分から抜け出るような、もう一人の自分がいるような気がし、それが今の私であるように思った。私は無機質な世界の一部だった。死んだとしても、大したことではない。音のする方へ歩いたが、聞こえなくなり、緑の柵や地面、雲や電信柱の連続が、日常の彩《いろど》りを取り戻し始め、私はまた、元のような広い道路の前にいた。立ち眩みがし、立っていることができずに座り込んでいた。私の前を、幾人もの通行人が通り過ぎていった。ここはどこだろう、と、私はしばらく周囲を見ていた。私を見下ろしながら眉《まゆ》をひそめて歩く人間や、意図してこちらを見ようとしない人間がいた。彼らは、こんなところで何をしているのだろう。どうして彼らは、こんなところを歩いているのだろう。顔を上げると、聞いたことのない消費者金融の看板が見えた。もう一度目が眩み、吐き気を覚えたが、なぜかそこには懐《なつ》かしいものがあるように思えた。生理的な乱れが私に血を通わせるようで、自分の輪郭のようなものが次第にはっきりしてくるように思えた。

通帳の残高は、仕事を休んでいるために減り続けている。次々と、際限なく金を借り、このまま生きながら落ちていけばどうなるかを考えた。白湯子が言っていたサラリーマンの男は、その果てに何かを見たのだろうか。満足そうに見えたという彼は、どこかに辿《たど》り着いたとでもいうのだろうか。不意に、妙なことだが、父親のことを思った。自分の父親である見ず知らずの男が、忙しく金を借りている映像が頭をよぎり、不快な思いがした。私がまともな人間でありさえすれば、親もまともであるのではないかという、以前の考えが浮かんでいた。それは逆説のような、奇妙な論理だった。その考えに、口元が緩んだ。悪くないような気がしていた。どうでもいいのだが、その考えに敢《あ》えて乗るというのも、いいように思えた。

帰る途中、楽になることを考えようとしたが、試みている間に部屋に着いた。テーブルの上には、蚊の入ったグラスがそのままになっていた。私は彼を逃がしたが、その夜何度も刺されることになった。仕方なく、手で打った。腕にへばり付いた死骸を見た時、なぜか怒りを覚えてもう一度叩《たた》いた。さらに潰《つぶ》れた死骸を見ても足りない気がし、何度も、腕が痛くなるまで叩き続けた。彼は粉末のように砕け、力なく床に落ちた。

7

白湯子が怪我《けが》をしたという連絡が病院から入り、タクシーを拾った。買い出しに行っていたはずの彼女がなぜクラブで酔い、階段から転落したのかわからなかったが、充分にあり得ることだと思った。酒を飲み続ける彼女を、止めることは難しかった。なぜ飲み続けてはならないのか、なぜしっかりと生活しなければならないのか、私は彼女に答えることなどできなかった。

面会時間を過ぎていたが、白湯子の名前を告げると病室に入ることができた。カーテンで仕切られた六人部屋の、ドアに近いベッドだった。白湯子は右肩と右足を包帯で吊《つ》り、私を見ると雑誌から手を放した。「大丈夫か」と聞いたが、様々な意味で彼女が大丈夫でないことはわかっていた。

「ごめんなさい」

「別に謝ることじゃないよ。怪我で済んでよかったじゃないか」

化粧の落ちた彼女を何度も見ているはずだったが、青白く精気のない表情に少し驚いた。髪は乱れ、アルコールの混ざった体臭が鼻についた。これほど弱く、無抵抗な彼女を見たことはなかった。私は視線を逸らし、煙草を吸おうとしたが禁煙であることを思い出した。彼女は、私の仕種《しぐさ》の一つ一つをぼんやりと見続けていた。

「頭からいってたら死んでたかもしれないのに、無意識にかばったみたい。馬鹿《ばか》みたいだよね」

「やめろよ」

私がそう言うと彼女は下を向き、緊張したように肩を震わせた。呼吸が、乱れていた。彼女の動揺が私に伝染するようで、小刻みに強くなる圧迫が喉《のど》を絞めた。

「すごく、怖かったのよ。階段から落ちたのは二回目…。妊婦の時、後ろから押されたことがある…。些細《ささい》なことに怒り出した子供の父親が私の背中を押した。思い出しちゃったよ」

彼女は大きく息を吐いた。

「救急車で運ばれて、私も子供も無事なことがわかった。まだそれほどお腹《なか》も大きくなかったけど、奇跡だって、医者に言われた。子供は結局生まれた時に死んでしまったんだけど…。可哀相《かわいそう》な子だよね。奇跡で助かったのに、死ぬなんて。……ねえ、どうして自分より弱いものには、あんなにも強気に、力を振えるんだろう。あの時の背中の感触を、私は一生覚えているんだろうと思う。何か、もう一度同じ感覚を味わったみたいで、怖かった」

彼女は下を向いたまま、顔を上げなかった。

「力を振いたい時は、自分より弱いものを選ぶんだよ。弱いから勝てるし、勝てるからやるんだ。卑怯《ひきょう》なんだよ」

「…そうだね。ごめんなさい。私のことばかり言って」

「ん？　ああ…、いいよ。気にしなくていい」

白いベッドカバーが、細かく歪《ゆが》み皺《しわ》になっていた。皺は影を帯び、はっきりとした輪郭を持ち始め、幾人もの顔を形作ろうとしていた。白湯子が身体《からだ》を動かす度に、顔は奇妙に、醜く笑う。私は、視線を逸《そ》らした。

「保険には、入ってる？」

話題を逸らそうと思い、事務的なことを言ったがすぐに後悔した。彼女は静かに首を横に振った。

「そうか。まあ大丈夫だから、気にするなよ」

「そういうわけにはいかないよ。私が馬鹿で、勝手に怪我したんだから。自分でなんとかする」

「何とかって、どう何とかするんだよ」

「女がその気になれば、すぐに稼げるじゃない。まあ、男も同じだけど」

彼女は笑おうとしたが、力がなく、溜《た》め息のように聞こえた。

「いいから、金はあるんだ。何なら、通帳の全部を使い果たしたっていい。どうせ使い道なんてないんだし。君が断ったって、勝手に払うよ」

「お金なんてほとんどないじゃない」

「何とかできる。ほんとに大丈夫だから。君のセリフじゃないけど、その気になればどんなことだって何とかなる」

私がそう言うと、彼女はしばらく何かを考えるように眉をひそめた。

「あなたは、最近自棄になってる気がする。だって、私にそこまでする理由なんてないでしょう？　別にこのことだけを言ってるんじゃないけど、誰かに何かをしておこうとして、焦《あせ》ってるみたい。何か、気味が悪いよ」

「それはこっちのセリフだよ。酒は……、控えた方がいいな」

「うん…でも、私はやめないんだと思う。これからも、きっと馬鹿みたいに、何かをしでかすのよ」

隣のカーテンが微《かす》かに動き、人の気配がした。錯覚かもしれないが、病室の全ての人間が私達の会話に耳を澄ましているように思えた。興味深いのだろうと思うと、気持ちが騒いだ。悔しいと感じたのは、いつ以来だろうか。落ち着かない気分を、表情に出さないよう意識した。彼女は見下げられるような人間じゃないのだと、頭の中で呟《つぶや》いた。病室にいるのがどんな人間かなど知らなかったが、あなた達よりもいい人間なのだと、言いたいと思った。

「素面《しらふ》でいると、落ち着かないのよ。まあ、お酒飲んだからって、何が変わるわけでもないんだけど」

「じゃあ仕方ないな」空気を変えようと、私は笑った。「どこまでも相手するよ」

「何で？　もう、終わりにした方がいいのよ。あなたのためにも、その方がいいじゃない。これからも私は」

「たかが怪我しただけじゃないか。深刻になり過ぎだよ。俺達は、別に何か悪いことをしたわけじゃないんだし」

看護婦がドアから入り、私達に消灯の時間だと告げた。私は白湯子を見たままで頷《うなず》いた。

「とにかく、金のことは心配するなよ。何か、持ってきて欲しいものとかあるか？」

「……本、持ってきて。あなた、色々読んでるでしょう？　ここにいると退屈で死にそうだし」

「俺が持ってるのは、暗いやつばかりだぞ」

「何でそんなの読むの」

「何でだろうな」

私はそう言い、小さく笑った。

「まあ、救われる気がするんだよ。色々考え込んだり、世界とやっていくのを難しく思ってるのが、自分だけじゃないってことがわかるだけでも」

「ふうん…、何かよくわかんないけど、持ってきて。あと着替えかな…。でも」

看護婦の二度目の呼びかけで、私は病室を出た。白湯子のまだ喋《しゃべ》ろうとする様子を見て、明日も来ることにした。看護婦は、白湯子のことで私に様々な忠告をした。保険には加入させること、調べてないからわからないが、アルコールで大分身体がやられていること、運び込まれた時の様子がおかしかったこと、その親身な口調はいつまでも終わらなかった。看護婦の善意を理解しているつもりだったが、私は足早に病院を出てしまった。

部屋に戻り、長い時間酒を飲んだ。彼女がウイスキーを隠している場所を、私は以前から知っていた。一日で飲むには不可能な量だが、グラスに注ぎながら、いつまでも飲み続けた。だが、これを飲み干しても、彼女がまた飲み始めることもよくわかっていた。

8

私鉄に乗り、快速の停まらない小さな駅に降りた。駅の建物自体は古く寂れたように見えるが、利用する人間は多く、狭い通路は歩き難かった。街の様子は、高校を卒業した時に来た八年前と変わらない。シャッターが目立ち、放置された商店街の脇《わき》に派手なマンションが立ち並ぶ、遠慮のない、無造作な空気に満ちていた。

その駅の出口からは、もう施設の建物が遠くに見えた。小高い丘の上にあり、マンションの隙間《すきま》からすぐに確認できる。以前、私はこの建物の位置を恥じていた。街の全《すべ》ての人間に、自分達が曝《さら》されているような気がしていた。

私は、この建物にいくら感謝しても足りない。自分が恩を仇《あだ》で返すような気がし、しばらく動くことができなかった。だが、私には施設長しか頼ることのできる人間はいなかった。あるいは、私が勝手に頼れると考えているだけなのかもしれないのだが。

タクシーを拾い、建物の名前を言った。運転手は私を一瞬見ると、全てを理解したような表情をした。だが、これは私の被害妄想だろう。そういった感情がまだ抜け切っていない自分を、恥ずかしく思った。仕事を聞かれ、同じタクシーの運転手だと答えた。彼は大きくうなずきながら、「自分で言うのもなんだが、いい職業だ」と言った。「給料は安いが、打算的になったり、人を蹴落《けお》としたりする必要がない。競争も小さなものだからね、わかるだろう？　主に場所取り合戦だ」笑った彼を見ながら、気持ちが楽になっていくような気がした。私は、客をこのような気持ちにしたことがなかった。

私を案内したのは、見たことのない中年の女性だった。彼女は満面の笑みで迎え、「ヤマネさんがお待ちかねですよ」と言った。こういった笑みを、何度も見たことがある。人に絶対的な安心を与えるような、特定の人間にしかすることのできない笑い方だった。

寄付した企業の名前が掲げられたジャングルジムから、半ズボンの少年がこちらを見ていた。砂場には少女が二人、そして離れた柵《さく》の近くには、肘《ひじ》から下を交差させて離すといった、同じ動きを繰り返している白いTシャツの少年がいた。半ズボンの少年が「おはようございます」と大きな声を上げ、端で腕を動かしている少年をちらりと見、恥じるような表情を向けた。私には、彼の気持ちがわかるような気がした。

私がいた頃にも、こういう人なつっこい少年がいた。正確な名前は思い出せないが、皆からトクと呼ばれていた。彼は外部の人間が来る度にあいさつをし、質問にもハキハキと答えた。だが、それは自分を引き取って欲しいという打算的なものではなく、今思えば、施設にいる自分でもこうやって明るく人と接することができるのだという、彼のプライドからきていたような気がする。彼は私の、ものを落とすという行為を注意し、時折力ずくで止《や》めさせた。そういう時、彼は自分に言い聞かせるように「それじゃあ思うつぼだよ」と言うことがあった。「不幸な立場が不幸な人間を生むなんて、そんな公式（彼は時々、奇妙な言葉の使い方をした）、俺は認めないぞ。それじゃあ、あいつらの思う通りじゃないか」

彼の言う「あいつら」とは、何を指していたのか。多分、親などの身近な人間ではなく、もっと全体的な世界のことを意味していたのだと思う。トクは今どこで、何をしているのだろうか。彼が今の私を見たら、どのような表情で、何を言うだろう。

職員の部屋の中で、ヤマネさんは椅子《いす》に座っていた。トレードマークのレンズが上がる眼鏡をし、禁煙してはまた吸い始める煙草《たばこ》を満足そうに吸っていた。彼は、年を取っていた。表情は明るかったが顔が浅黒く、白髪は以前からだったが、肩の辺りが見てわかるほど痩《や》せていた。「元気そうだ。よく来てくれたなあ、仕事は順調かね？」差し出された両手を握りながら、順調ですと答えた。笑った目尻《めじり》に皺が寄り、白い歯が美しかった。私は、その表情を見ていることができなかった。

ヤマネさんは仕種で付添ってくれた女性を部屋から出し、「頼みたいこととは何だね？」と私に切り出した。それは、言い難いことを先に言ってくれるという、彼の優しさだった。私は、しかし何も言うことができなくなっていた。

「気にしなくていい。遠慮はいらんよ。私が君達の親代わりというのは、言葉だけのことじゃない。特に、君は私にとって、特別な印象を与える子供だった。何だね、言ってごらんなさい」

「その…」

「何だね？」

「お金が…、必要になりました。ですから、保証人に、なってくれませんか。絶対に、迷惑はかけませんから、その…」

私は彼の表情を見ることができなかったが、卑怯であるように思い、顔を上げた。彼は、眉《まゆ》をひそめていた。そして、何かを思い出すように、不安な目を向けていた。

「そうか…、で、何に使うんだね」

「どうしても、いるんです。しかも急に…。絶対に、迷惑をかけることはいたしません…」

何を言っても、言い訳に聞こえると思った。金の頼みというのは、そういうことなのだ。

「幾らだい？」

「…三十万ほどです」

「他に借金はあるかね」

「ないです」

「それくらいなら、私が貸そう。業者から借りると、利子などがあるだろう？」

「いや、それはいいです。迷惑が、いや、保証人というだけで、迷惑をおかけしているのですが」

私がそう言うと、ヤマネさんは静かに笑った。

「わかった。大丈夫だ。そんな顔をするな。いや、ちょっと、君の親のことを思い出してな、あんな表情をしてしまった。ただ、これだけは覚えておくんだ。もう、金を借りてはいけない。わかったな？」

「はい。約束します」

壁には子供達が描いた小さな絵がいくつも貼《は》られていた。内容のよくわかる生きとしたものもあったが、黒と焦《こ》げ茶で塗り潰《つぶ》しただけのものもあった。ヤマネさんは席を立ち、窓の外を見ながら私に背を向けた。あの少年は、まだ腕を交差し続けている。ヤマネさんは、彼を見ているのだろうと思った。

「うなされることは、ないかね」

「はい」

「胸が圧迫されることは？」

「…ないです」

「そうか。よかった」

彼は外に向かって手を振った。多分、ジャングルジムの少年に応《こた》えたのだろうと思った。

「君がここに来た時は、かなりの重症だった。覚えているだろう？」

「はい」

「肉体的にというより、精神的にね。ここまでくることは滅多にない、回復は難しいだろう、とな。あの時の医者は言いやがったよ」

突かれるような刺激が心臓に走り、内側から押されるような圧迫感で息が詰まった。彼の言った重症とは、肉体的なものだと思っていた。

——恐怖にここまでヤラレている症状は初めて見た、とぬかしやがった。自説を勝手に並べてな、精神科医というのは、何でも理解できるような顔をして話すから、腹が立つよ。

ヤマネさんが、何かを見つけたように私の顔を見ていた。耳の裏から汗が流れ、喉《のど》に渇きを感じた。呼吸が苦しく、首を伝う水滴の筋は驚くほどの冷気をもち、身体《からだ》が急に寒くなった。聴覚が、やけに冴《さ》える。彼の呟《つぶや》くような低い声が、脳に、直接響いた。

——『恐怖に感情が乱され続けたことで、恐怖が癖のように、血肉のようになって、彼の身体に染《し》みついている。今の彼は、明らかに、恐怖を求めようとしています。恐怖が身体の一部になるほど浸食し、それに捉《とら》えられ、依存の状態にあるんです。自ら恐怖を求めるほど、病に蝕《むしば》まれた状態にあります』……そんなことがあってたまるか…。後から聞けば、研修医だったそうじゃないか…、施設の子だからと思って、モルモットみたいに考えやがって、つまり——

彼は、二つの目をこれ以上ないほど開いて私を見た。

——つまり、お前はそういう人間だってことだ。

ヤマネさんは目を剝《む》いたまま私から視線を動かさず、口を歪《ゆが》めるように開きながら固まっていた。私は息を吞《の》み、彼の表情から目を離すことができなかった。

——お前は、そういう人間なんだよ。

「何を…？」

——お前は、屑《くず》なんだよ。ゴミのようなものだ。わかるだろう？　この世界には、上手《うま》くいく奴《やつ》といかない奴がいる。仕方がないんだ。お前は、この世界から生じた排泄物《はいせつぶつ》、灰のようなものなんだよ。

——死ねばいい。お前みたいな奴なんて、死ぬのが筋なんだよ。お前はあの時、土の中で死んでいればよかったんだ。今のお前は、あの事件の残りカスなんだよ。神がいるとしたら、神から見れば、お前は予定外、誤差なんだ。

痛みがリズムのように段々と音を含みながら、聞こえてくる言葉に絡《から》みつく刺激の固まりとなって、私の頭を打った。辺りが薄暗い。壁に貼られた無数の絵が、笑みを浮かべながら私を見下ろしていた。

——わかるか？　お前みたいな人間はいらないんだ。そうだろう？　恐怖を感じて喜ぶ変態なんだよ。死ねば、すっきりする。お前みたいに特殊で入り組んだ気持ち悪い人間なんて、考えるだけ、無駄なんだ。死んでればよかった。死んで、世間の同情を買うのが、お前の役割だったんだよ。

「違う、こういう目に遭ったって、しっかりとした人間なんていくらでもいる」

——そりゃあいるだろうさ。もちろんだとも。でもな、今、俺はお前のことを言ってるんだよ。他の誰かのことじゃない。お前のことだよ。目障《めざわ》りだ。頼むから、早く死ねよ。

「黙れ」

——頼む、頼む。

「黙れよ」

椅子が倒れ、グラスの割れる音が響いた時、私は立ち上がっていた。目の前に、初老の男が白い歯を剝き出しにして立っていた。彼は「落ち着け」と叫び、両肩を鷲摑《わしづか》みにし、私を酷《ひど》く揺さぶる。声が出ず、息が止まり呼吸ができなくなった。彼は私を両腕で捕え、そのまま締め上げようとした。彼の肌が、私の肌に重なる。私は「他人だ」と叫び、逃れようとするが動くことができなかった。他人が、私に密着している。密着し、私の中に、入り込もうとしている。恐怖で身体が震え、肌の内側から染み出るような嫌悪感《けんおかん》が、強烈な寒気となって私の身体を浸食する。「他人だ」「他人だ」視界が薄れ、喘《あえ》ぐように叫びながらもがき続けた。不意に、ヤマネさんが私を抱いていた。さっきの女性が近づき、窓からは、子供達が覗《のぞ》いていた。ここは、職員の部屋だ。ヤマネさんが「急にどうしたんだ」と叫んでいる。私のことだろうか？　彼が私を見ているから、私のことなのだろうか？　「落ち着け、落ち着け」と叫ばれ、「どうした、どうしたの？」と叫ばれていた。様々な声が聞こえる。様々な声が、私にかけられている。そうだ、私は落ち着かなければならない。彼らが言うように、私は落ち着かなければならない。

切れかかった蛍光灯が、不規則なリズムで光を放っていた。ベッドの横に、心配そうにこちらを見下ろしているヤマネさんが立っていた。私は、寝かされていたようだった。目が合ったが、何を言えばいいのかわからなかった。

「よく、あんなことがあるのかね」

彼は目を細め、私を悲しそうに見ていた。こういう表情を、今までに何度も見たことがあった。

「いえ」

「しかし、普通ではなかった。どうしたんだ」

「その…疲れていたんです。残業が続いていたものですから」

「…そうか」

彼は、その表情を崩すことがなかった。同情の、眼差《まなざ》しだった。その同情が真実であればあるほど、私はやりきれない思いになった。何でもいいから、何かを話さなければならなかった。

「トクは、何をしてるんですか？」

「ん？」

「トクです。僕と同じ頃にここにいた…」

「…覚えてるよ。忘れるわけがない。彼はね、死んだよ」

「え？」

「自殺…したんだ。二十歳を越えた辺りだったな…、色々と、酷いことに遭ったみたいだね…」

彼はそう言うと、自分の気分を逸《そ》らすように煙草に火を点《つ》けた。

「彼のような人間がそうなると、本当にやりきれない。…わかるだろう？」

私は頷《うなず》いたが、それから、何も言うことができなかった。

9

シャベルが土を掬《すく》う音、暗がりを弱々しく照らす懐中電灯の光、その向こうに、脅えたように顔を引きつらせながら、慌《あわ》ただしく何かを話している彼らの表情がぼんやりと見える。仰《あお》向《む》けの幼い私に、少しずつ土がかけられていく。あの時、目が覚めた私の見た光景はそういうものであり、彼らが私に加え続けた、暴力の結末だった。目が覚めたばかりだったが、また、酷い睡魔に襲われる。通常の眠りとは明らかに異なった、抵抗し難い、強いられるような感覚だった。身体が少しずつ押されていく中、音や、声が薄れていく。口の中に、土や砂が入る。だが、それを吐き出す力も、そうしようとする気持ちも、私の中にはなかった。ただ小さく咳《せき》をしたいという微《かす》かな衝動を、微かな力で押さえただけだった。

もう一度目を開いた私は、土の内部にいた。土の含む水分で服が濡《ぬ》れ、私の身体を心地好《よ》く冷やしていた。胎児のような姿で、懐《なつ》かしく、自分は以前確かにこうしていたのだと思いながら、また眠ろうとしていた。ぼんやりとした意識の中、あらゆる皮膚に土の粒子が絡み合っていた。土が私を浸食し、私が土を浸食していく。このまま、土と同化して消えていくことができるのなら、どんなにいいだろうと思った。もう、何もしなくてもいいのだ。彼らの様子を息を殺して窺《うかが》うことも、振り上げる手から、逃げ惑うことも、頭や腹を、彼らに気づかれることなくかばうことも、しなくていい。土は柔らかく、私を少しずつ冷やしながら、私を静め、入り込んでくる。空腹も、恐怖も、ここにはない。自分は、この世界から土によって隔離され、完全に安全に、このまま死んでいくことができる。親指を、口の中に入れると安心した。身体が冷えてくる。さっきとは異なる緩やかさで、しかし完全な睡魔が脳をゆらゆらと揺らしていた。これで終わるのだ、と思った。世界は、最後には、自分に対して優しかったのだと思った。

だが、何か、私の中に騒ぐものがあった。それに意識を向けるにつれ、そのざわつきは、段々と大きくなっていった。これは何だろうと、私は思った。これに言葉を与えるなら、どう表現すればいいかを、考えていた。しばらくして浮かんだ言葉は、納得できるのだろうか、というものだった。だが、何が納得できないのかは、よくわからなかった。その思いは、自ら意志をもったように、大きくなっていった。何か、おかしいのではないだろうか。本当に、これでいいのだろうか。この納得のいかない気持ちが何であるのかを、私はまだ、地上に上がって考えていかなければならないのではないか。腕を微かに動かすと、何かから覚めたように、呼吸が苦しくなった。身体が重くなる。重みで、身体が押されて潰れるようだった。頭に全身の血液が上るようで、息が止まった。やはり、納得はできない。身体の至るところの筋肉が痙攣《けいれん》し、小刻みに震えて止まらなかった。おかしいのだ。何かが、間違っているのだ。私は力を込め、その場で腹を折り曲げて上体を起こそうとした。だが、身体を包み込む土の重さに押し返され、何度もがいても、起き上がることができなかった。両腕を動かし、上に向かって掘るように掻《か》き分けたが、次々と新たに土が流れ落ち、私は溺《おぼ》れ、繰り返す嘔吐《おうと》で飲み込んでいた土を吐き続けた。上下の感覚が、わからなくなる。固い土の層に膝《ひざ》が触れたような気がし、重心をかけて蹴《け》るように、手を動かし続けながら頭で土を押した。土の荒い粒子が顔の表面を削っていく。ずしりとした一際《ひときわ》重い抵抗のあと、覆《おお》い被《かぶ》さっていた土が跳ね上がり、地上に出た私の頭部の上に、力なく舞い落ちて弾けた。急激に入り込んでくる熱気を含んだ空気を、土を吐きながら夢中で身体の中に入れた。胸から上を地面から出し、周囲を見渡した。異常に思えるほど光のない、圧倒的な暗闇《くらやみ》だった。どこかの山の中だ、と私は思った。

どれだけ目を凝らし遠くを見ても、僅《わず》かな明かり一つ見つけることができなかった。次第に目が闇に慣れてくるにつれ、上部だけ葉を茂らせた高く細い木々がどこまでも、闇の濃淡となって立ち並んでいるのがわかった。冷えた身体が外部の空気によって暖められ、湿った衣服が少しずつ乾いていった。這《は》いつくばり、地面に溜《た》まった水を含むとざらざらとした砂の味がしたが、身体に生気が蘇《よみがえ》るようだった。意識がはっきりとし始め、微かだが、腕や足に力が騒ぐ思いがした。ここから出なければならない、と私は思った。ここから出て何をするのかはわからなかったが、この無数の木々に囲まれた完全な夜の静寂から、一刻も早く逃れたいと思った。

しかし、どれだけ歩いても、周囲の様子に変化はなかった。木々は私に無関心にただ立ち並び続け、僅かな傾斜はあったが、地面にはどこまでも土と落ち葉が広がっていた。同じ場所をぐるぐると歩いているように、その不変は気味が悪く、少しずつ私を動揺させた。どこまでも広がる、無機質な、木々の羅列。私を囲い、その中に封じ込めるように、まるで全《すべ》て計算されているかのような、空に伸びる直線の連続。足に痛みを感じ、全身に汗が滲《にじ》んだ。だが、一度風が吹くと、周囲の様子は一変した。空気を裂くような轟《とどろ》きの中、全ての木々が揺れ始めた。暗闇の中でうごめくその葉の茂りの集合は、一つの巨大な生物のように迫り、叫ぶような轟音《ごうおん》で歌いながら私の方へと襲いかかるように思えた。恐怖に足がすくみ、その度に歩くことができなくなった。落ちていた太い木の枝を拾い上げ、力を込めて握りしめた。とにかく、同じ方向に歩き続けなければならないと思った。その方向が間違っていたとしても、私にはそうすることしかできなかった。

目の前に動く影を見た時、全身が痙攣するような恐怖に、息ができなくなった。私の胸ほどの高さの生き物が二つ、少しずつ、少しずつ、私に向かって動いていた。野犬だった。飼い犬とは明らかに違う、太い、濁りのある鳴き声を上げ、その飢えを主張する荒く湿り気のある呼吸は、私のどんな行為も通用しないことを明らかに示していた。私は、絶望を感じた。自分の身体がどこまでも、下へ下へと落ちていくようだった。私が食料を持っていないということは、彼らの狙《ねら》いは、私自身に違いなかった。そういうことなのか、と私は思った。結局自分はこうなる運命であり、あの狭い部屋から抜け出ることができたとしても、私は周囲を、常にこういった障害に囲まれ続けているのだと思った。走る力は、もうなかった。彼らは少しずつ、私との距離を縮め続けていた。

だがその時、大きな感情が私の中で動いた。それは自分には似つかわしくない、狂暴な、荒々しい力の渦のようだった。突然芽生えたそのうねりは、驚いている私を凌駕《りょうが》するように全てを支配し、気がつくと、声を失っていたはずの私は、身体《からだ》の底から噴き出るような叫び声を上げていた。あの時、私は犬に向かって叫んだのではなかった。犬の向こう側にあるもの、私を痛めつけた彼らの、さらに向こう側にあるもの、この世界の、目に見えない暗闇の奥に確かに存在する、暴力的に人間や生物を支配しようとする運命というものに対して、そして、力のないものに対し、圧倒的な力を行使しようとする、全ての存在に対して、私は叫んでいた。私は、生きるのだ。お前らの思い通りに、なってたまるか。言うことを聞くつもりはない。私は自由に、自分に降りかかる全ての障害を、自分の手で叩《たた》き潰《つぶ》してやるのだ。私は摑んでいた木の棒を両手で握りしめ、犬に向かって飛びかかった。ありったけの力を込めて、泣き声とも、威嚇《いかく》の声とも区別のつかない叫び声を上げながら、狙いもわからないままに振り降ろした。鈍い振動が両腕に走り、手放したくなる痺《しび》れに耐えながらもう一度、さらにもう一度と、棒を振り回し続けた。後方で唸《うな》り声を聞いた瞬間、そちらに向かって棒を振り上げた。できるだけ身体が大きく見えるように両腕を上げながら、相手よりも速く動かなければならないと思った。決して、躊躇《ちゅうちょ》してはならなかった。私の一撃は当たらなかったが、犬が、背を向けて駆けていくのがわかった。私はなおも叫び声を上げ、勢いのままに棒を振り回し、追いかけていこうとした。犬が逃げていくのを見ながら、全身の力が抜け、その場に座り込みそうになったが我慢して歩いた。まだ、周囲の風景に変化はなかった。どこまでも続く木々の羅列は、なおも私に無関心に、ただ静寂を保っていた。

それから、どれだけ歩いたかわからない。幾つもの傾斜を越え、幾つもの水溜まりを飲み、幾つもの木々の間を通り抜けた。周囲が段々と青く、うっすらとした光に照らされ始めた時、自分が、しばらく太陽の光を浴びていないことに気がついた。頭がぼんやりとし、自分が照らされていく感覚の中で、その場に倒れ込んだ。光は暖かく、柔らかく、徐々に冷え始めていた空気に温度を吹き込もうとしていた。目を閉じると瞼《まぶた》の裏がうっすらと青く、暖かな土の匂《にお》いがした。私の記憶は、そこで途切れた。

やがて私は、散策に来ていた中年の夫婦に見つけられ、病院に運ばれた。私が埋められた山には整備されたハイキングコースがあり、私は知らず知らずその枝分かれしているコースの一つに近づいていたのだった。外灯はなかったが、近くには、アスファルトの道も通っていたようだった。

病院のベッドで目を覚ました私に、医師達は様々な質問をした。私はぼんやりとした虚《うつ》ろな周囲にただ自分を預けながら、一つ一つ、記憶している事実だけを淡々と話した。「彼ら」が現れ、寝ていた私を威嚇したが、私はもう全てを話した後だった。拳《こぶし》を作り、私に呟《つぶや》いていた男の顔が醜かった。後に刑事が来て、彼らは逮捕されて新聞の記事になった。

ヤマネさんに連れられ、小高い丘を車で上って施設に向かった。その道は長く、どこまでも、本当に長く、いつまでも終わらないように思えた。その間中、ヤマネさんは肩を落とし、怒りを抑えているように見えた。言葉にこそ出さなかったが、見つかった私の本当の親の態度に、酷《ひど》く失望したようだった。彼は力強く、私に人生を説いた。「大きくなりなさい。大きくなれば、君は自分の人生を自分で生きることができる」

常に虚ろだった私が周囲を把握するようになったのは、それから一ヵ月ほど経《た》った頃だった。それは、学校に入り、体育を見学している最中に、まるで浅い眠りから覚めたように不意に訪れた。「これが、生きるということなのだろうか」私はそう思いながら、気味が悪いほどにくっきりと、次々と目に焼きついてくる周囲を見渡していた。二つに別れてボールを投げ合う、笑顔を浮かべたクラスメイト達、指示を与えながら、同じように笑い声を上げる教師。私は、青く塗られた朝礼台の脇《わき》で、膝を抱えて腰を下ろしていた。病院を出てからの霧のような日常が、脳裏をよぎっていた。私が勝ち取ったものは、これなのだろうか。暴力の下をくぐり抜け、土の中から這い出して山を降りた私の得たものは、このような日常に過ぎないのだろうか。彼らがなぜ笑っているのか、私にはわからなかった。何か、他にあるのではないだろうか。無事でいられたことを全身で喜ぶような、私の全てが震えて止まらないような瞬間が、あのような暴力と釣り合うような、喜びが、この世界にはあるのではないだろうか。

常に内向的に成長し続けた私は、本を読むようになった。先人の書いた物語を読みながら、この世界が何であるのかを、この表象の奥にあるものが、一体何であるのかを探ろうとした。

施設が火事で一度焼けた時、私が少しずつ揃《そろ》えていた小説も燃えてしまった。火を点《つ》けたのは、近くに住む大学受験に失敗した浪人生だった。木造の古い施設は彼に燃えやすく映り、また、逃げ惑う私達の境遇は、優越感を感じさせたのかもしれない。あの時、私は声を上げて泣いた。また買えばいい、とヤマネさんは言ったが、涙を止めることは難しかった。

10

十組目の客をビジネスホテルまで送り、車の外に出て煙草《たばこ》に火を点けた。有楽町線の終電時刻が近づいているので、繁華街で待機すればまだ客を乗せることができる。日付をまたぐ隔勤にシフトを変えたせいか、調子がよかった。今日の売上げも、既に五万を越えていた。

点けたままになっていたラジオを消し、ビルに囲まれた静寂の中で月のない夜の空を眺めた。施設での自分の混乱が不意に頭をよぎったが、なるべく考えないように努めた。とにかく、日常の流れに自分を乗せていかなければならない。仕事をし、金をきちんと返し、生活の中で生まれる責任を一つ一つ果たしていくということ。そういった日常に自分を埋めていくことだけを、心がけようと思った。無線が入ったが、ここからは場所が遠かった。どの仕事も同じだが、やはり運というものはあった。

業務日誌を書いている時、二人組の若い男が近づき、行き先であるホテルの名前を言った。そのホテルを知らなかったが、荒川沿いにあると言うので地図を見ずにアクセルを踏んだ。細かい場所を聞くと、ここからかなり近いことがわかった。急いで戻れば、飲み屋街に待機するタクシーの列に、上手《うま》く入り込めるかもしれない。客のために点けたラジオから、今日のニュースが流れていた。母親に、少女が殺されていた。風呂《ふろ》の中に沈めていたら動かなくなった。アナウンサーは、簡単に母親の供述を読み上げた。当たり前のことだが、どんな事件が起ころうと世の中は動いていった。ニュースが終わり、日本のポップスが流れ、最新の映画が紹介された。笑いの中にさりげない悲しみが光る。ゲストに来ていたどこかの男が、そう言って映画を褒めた。

私の首に、ナイフが突きつけられている。「黙って走れ」と低い声が耳元で響いた時、全身が硬直し、不自然な力が喉《のど》に上がり息が詰まった。もう一人の男が、英語ではない間延びした外国語で何かを呟いた。それを合図に、ナイフの男が運転席のハンドバッグを摑《つか》もうとした。

ハンドルを握る腕が固まる。車道を走っているのは、いつの間にか私のタクシーだけになっていた。状況を把握するのに、時間がかかった。タクシー強盗か、と思った瞬間、喉から声が出そうになり、力を入れて何とか堪《こら》えた。今日一日働いた金が、ナイフ一つで奪われようとしている。首に痛みが走り、暖かな血液が水滴のように皮膚を伝っていた。鼓動が激しく、運転するために前を見ているが、景色が入ってこない。どこを走っているのかも、わからなくなった。喉元にナイフが微《かす》かに触れ、離れてはまた触れた。外国語の男が、何かを言っている。荒くなる呼吸を押さえようとしながら、冷静になれ、と頭の中で繰り返した。急ブレーキをかけてバッグを奪い返し、車から出るべきだろうか、それとも金で済んだことをよしとし、このままおとなしくしているべきだろうか。相反する考えが乱れるように衝突したが、段々と恐怖に吸い込まれ、たとえ何かの行動を思いついたとしても、とても実行できるようには思えなかった。

「そうだ、変な気は起こすなよ。そのまま運転してろ」

「*****」

「え？　いや、そこまでしなくていいだろう？」

「*****」

外国人の男が、何かを叫んでいた。ナイフの男がなだめていたが、彼はなおも何かを主張しているようだった。

「*****」

「いや、だから、こんな金でそこまでする必要はねえ、****、****」

「*****」

「*********」

彼らが何を言っているのか理解できなかった。予測のつかない不安に身体がどこまでも沈んでいくようで、焦点がぼやけ、腕の力が嫌になるほど抜けて運転することも難しかった。彼らはまだ口論を続け、バックミラーで確認すると、外国人の男が左手で激しく、何度も、何度も、シートを叩いていた。ナイフの男が、何かを説得している。だが、外国人の男は、いつまでも納得しようとはしない。

「*****」

「*******――」

喉は渇いていたが、身体の至るところから異常な量の汗が滲《にじ》み、次々と流れた。せめて彼らの言葉を理解しようと、聞くことに神経を集中した。だが、それがどこの国の言葉であるのかもわからなかった。

口論が終わり、張り詰めた静寂が車内を覆《おお》った。自分が運転しているのにもかかわらず、車が勝手に、私をどこかに運んでいくように思えた。近くに、車はない。車どころか、店の明かり一つ見えなかった。

「……まあ、そんなに怖がるなよ」

ナイフの男が、私の耳元で呟いた。さっきとは、明らかに表情が違っていた。目が血走り、顔は青白く、呼吸を荒くしながら何かを決意したように興奮していた。外国人の男は、下唇だけを奇妙な角度で歪《ゆが》めていた。見ようによっては、それは満足したような笑みにも見えた。

「ここにしよう、ここで停めろ」

そこは、高いビルに囲まれた工事現場だった。シャベルカーが無造作に置かれ、幾つかの鉄材、掘り上げられた砂、そして鉄の骨組の建設中の建物が、空中で途切れたようにそびえ立っていた。髪を摑まれ、喉元にナイフを突きつけられたまま、タクシーから降りた。冷気を含んだ風が吹き上げ、私の流した汗を急激に冷やした。首からは、血液の筋が幾つも下へ垂れていた。私は砂の地面に突き倒された。

「悪いな……、悪いけど…、死んでもらうわ」

自分をどうすることもできないまま、覆い被《かぶ》さったナイフの男に首を絞められた。男の太い指が、私の喉を絞め上げようとする。逃れようと両手で男を押し返したが、力が入らない。息が止まり、嘔吐《おうと》の感覚が込み上げたが、吐くことさえできなかった。男の袖《そで》を摑んだが、そのまま、何もすることができない。力が、入らないのだ。顔に、血が溜《た》まって破裂するようだった。涙が出た。苦しくて、自分の両目が剝《む》き出しになるようで、目の前の半笑いの男の醜い顔が、段々と掠《かす》れていく。こんなところで、と思った時、視界が白くなり、苦痛が段々と、嘘《うそ》のように和らいでいった。眠る、と私は思った。いや、これは、眠るのではない。眠るのではなく……、目の前に、幼い私がいた。というより、それは、今の私自身だった。私は「彼ら」に促され、ベランダの柵《さく》にしがみついていた。今までの私に、こんな記憶はない。だがそれは、目の前に見るようにくっきりと、私の中に現れようとしていた。男の大きな腕が、私の脇腹を抱えて持ち上げようとする。柵を摑んでいた右手には力が入らず、私の意志とは関係なくいとも簡単に離れた。男は酔っていた。「二階だから死にはしない」「二階だから、死にはしない」大きな声で節を付けて歌いながら、瘦《や》せた私の身体《からだ》を空中に高く掲げた。恐怖で身体が竦《すく》み、涙が溢《あふ》れたが、その時、私の感情が動き、一つの意志が、力の固まりのように強く湧《わ》いた。「うんざりだ」私は頭の中で呟いた。こんなことの繰り返しは、もういらない。恐怖など、感じるな。男の腕の勢いからして、本当に落とすつもりだろう。そしてこの高さから落ちれば、衰弱した私はきっと、もう死ぬだろう。だが、恐怖を受け入れようと思った。この恐怖を、自分の血肉のように――、その時、泥のように惨《みじ》めだった自分が、「彼ら」を凌駕《りようが》したように思えた。こんな暴力に、私は恐怖など感じない。私には、通用しない。この世界のあらゆる暴力にも、理不尽にも、恐怖など感じてやりはしない。私は笑みを浮かべようとした。屈伏する必要はない。私は笑って死ぬのだ。通用するものか、たとえ死んだとしても、私の勝ちだ。身体が宙に浮き、落下し始める。地面が、死が、圧倒的な速度で私に迫っていた。男の叫ぶような笑い声が聞こえる。だが、私は打ち勝つのだ。この世界の全《すべ》ての馬鹿《ばか》な人間に対して、全ての、暴力や残虐《ざんぎやく》さに対して、私は屈伏することなく――、目が覚めると、私は土の中で仰向《あおむ》けになっていた。シャベルが土を掬《すく》う音、暗がりを弱々しく照らす懐中電灯の光、私は咳《せき》をした。私は咳を――。上に乗ったナイフの男が、目を大きく開けて私を見下ろしていた。私は何度も咳をし、その度に、入り切らないほどの空気が喉に入ってくるようだった。男が叫び声を上げて、もう一度私の首を絞めようとする。苦しくなった。苦しく、喉に激しい痛みを感じたが、ポケットの辺りに、ゴッゴッとした感触を感じた。さっきの、日誌を書いたボールペンだった。何とか摑み出し、男の太股《ふともも》に強く突き刺した。男は悲鳴を上げ、私から離れて倒れ込んだ。私は咳をしながら、タクシーに向かって走った。外国人の男が、何かを叫びながら走ってきた。肩を摑まれたが、振り向き様に顔を殴ろうとした。私の拳《こぶし》は当たらなかったが、彼はよろけ、動作が緩んだ。車のドアを開け、中に入り込んでエンジンをかけた。アクセルを踏む。アクセルを踏む足に、全ての力をかけた。ハンドルを回し、車道に出た。彼らは、遠く離れていた。私は、誰も走っていない夜の道路を、そのまま、真《ま》っ直《す》ぐに進んだ。

運転をしながら、涙が出た。安堵《あんど》したような、悲しいような、よくわからない涙だった。自分が今生きていることを思い、力を入れてハンドルを握りながら、呼吸を整えるように大きく息を吐いた。意識の奥で垣間見《かいまみ》た映像を思い出しながら、研修医は間違っていたのではないか、と思った。私が望んでいたのは、克服だったたのではないだろうか。自分に根づいていた恐怖を克服するために、他人が見れば眉《まゆ》をひそめるような方法ではあったが、恐怖をつくり出してそれを乗り越えようとした、私なりの、抵抗だったのではないだろうか。道路はどこまでも、真っ直ぐに伸びていた。等間隔に並んだ外灯の明かりが、終わることなくいつまでも続いていた。しかし、私の中で、何か引っかかるものがあるような気がした。それは些細《ささい》なものであったが、考えないようにすればするほど、その意識の淀《よど》みは疼《うず》きとなって、私の中で騒いでいた。私の右足が、その疼きに促されるように、力を入れていた。そう言い切ることができるだろうか、口に出して呟《つぶや》いたが、速度のメーターの針が急ぐように、追い立てられるように右へと傾いていった。様子がおかしい、そう思った時、身体が加速しながら落下しているように感じた。心臓に、打たれるような重い衝撃を感じた。前方に、急なカーブがある。小さく景色のように見えていたそれは、凄《すさ》まじい速度で、こちらに向かって近づいていた。あれは地面だと、私は感じた。速度が上がる。速度は上がり続け、私は、落下し続けていた。カーブのガードレールが、その白色が、こちらに迫っていた。襲いかかるように拡大し、私を押し潰《つぶ》そうとする。動悸《どうき》が高鳴り、筋肉が縮み上るようで身体を動かすことができない。私は一つの物のように、身体を置いた内部だけの固まりのようになり、落下しているように思えた。恐怖は、もう私の後方にあった。目前にガードレールを見た時、その白色は、私に対して優しく、暖かく光ったように思えた。砕け、潰れるような衝撃が全身に走り、様々な音が膨脹して弾けた時、私は、柔らかなものが自分を満たすように感じた。

11

白い光が、ぼんやりと霞《かす》みながら宙に浮いていた。白は見ようとすればするほど輪郭をなくし、ただ不確かな光だけとなり私の目に残像を残した。口を開き、言葉を出そうとする。掠れた声が喉から漏れ、それが自分の声であると確信が持てるまでには、僅《わず》かな時間のずれがあった。

首が固定されている他は動かすことができたが、試みに右腕を動かすと、刺すような痛みが喉元に集まり、呼吸が苦しくなった。変色した緑色の残像が目の裏に留《とど》まり、視線を動かす度に、左右に揺れた。医者との会話が、頭をよぎる。私は何やら言い訳を、繰り返したような気がした。昨日のことのようにも思えたが、はっきりとしない。布団《ふとん》を肩まで掛けられていたが、微かに寒く、もう眠ることはできそうになかった。

ドアが開き、白湯子が入ってくる。彼女が松葉杖《づえ》をついているのを見、今までの記憶が改めて、自分の中ではっきりしてくるように思えた。彼女は笑顔を向け、「やっと起きた」と言った。私は力を入れることが出来ず、頷《うなず》く意味で小さく声を出した。

「二人してこの病院なんて、本当に迷惑だよね」

彼女はそう言い、それしかすることが見つからないという風に、もう一度笑った。片手でパイプの椅子《いす》を広げ、包帯に巻かれた足を伸ばしながら腰をかけた。

「…気分はどう？」

彼女の表情は、多少引きつっているように思えた。

「よくないな…。首が動かないだけなのに、起き上がることもできないし…」

「あれだけの事故で、その程度で済んだのは奇跡なんだよ」

彼女はうつむいたが、やがて躊躇《ちゅうちょ》するように、ゆっくりと顔を上げた。彼女の目は、非難するように影を帯びていた。

「…嘘、なんでしょう？　強盗に襲われて、逃げるために気が動転してぶつかったって。…強盗は本当だとしても、それからは嘘なんでしょう？　どうして、こんなことするのよ」

彼女の目は厳しく、唇を震わせながらいつまでも視線を逸《そ》らすことがなかった。私は目を閉じたが、眉間《みけん》に力の籠《こも》るのを、止めることができなかった。「わからないんだよ」私は、正直にそう答えた。「ただ……、優しいような気がしたんだ。これ以上ないほど、やられちゃえばさ、それ以上何もされることはないだろう？　世界は、その時には優しいんだ。驚くくらいに」

「何言ってるのよ。意味がわからないよ。それに、それって、死ぬってことじゃない。死んでどうするのよ」

「似てるけど、違うよ。違うような気がする。それと…」そう言った時、私の声は震えた。「ぶつかっていく間、すごく自分に自分が合わさっていくような気がして、止まらなかった」

「馬鹿」

彼女はそう言うと涙を流した。

「どこまでも相手するって、言ったじゃない。嘘をついたの？　酷《ひど》いじゃない。こんなの、卑怯《ひきょう》だよ」

「そうだな、…ごめん」

窓から月の光が差し、泣いている白湯子の顔に影を落としていた。隣の病室から、子供の騒ぐ声が聞こえる。月は美しく、子供の声も高く澄んで奇麗に響いた。カーテンによってつくられた影が、病室を分かつように真っ直ぐに伸びていた。

「それに…、あなたに力を振《ふる》った人達は、もういないじゃない」

呟くように、彼女は言った。

「……わかってるよ」

「わかってないよ…。もう、いないのよ。あなたを攻撃した人達は、もういないの」

白湯子の言葉は優しく、温度を含むように暖かく響いた。だが、私の中で、それに抵抗しようとするものがあった。本当にそうだろうか、と私は考えていた。本当に、そうと言えるのだろうか……。子供の声が止《や》むと、隣の病室からは、テレビの音が微《かす》かに聞こえ始めていた。アナウンサーが事務的な言葉で、新しいニュースを読み上げようとする。

「何だか、泣きたくなってきたよ」

私がそう言うと、彼女は笑った。

「…泣けばいいじゃない。ここには私しか、いないんだから」

＊ ＊

池袋駅の東口、西武池袋線の出口前は、平日にもかかわらず人の流れが絶えなかった。慌《あわ》ただしく、騒々しく、あらゆる人間があらゆる方向へと入り乱れ、薄っすらと青みがかった夕暮れの暗がりの中、無数のネオンが主張するように、しかしまだぼんやりと辺りを照らし始めていた。昔、こういう人込みの中にいると自分だけが外れているような気がし、嫌な気分になった。何というか、人の集合が得体の知れない巨大なモヤのように見え、自分に迫るような、そんな圧迫感を感じることがあった。今もそうだろうか、考えたが、よくわからなかった。退院して間もなかったが、力を入れなければ、歩いても首に痛みはなかった。私は煙草《たばこ》に火を点《つ》け、待ち合わせているヤマネさんの姿を目で探した。

白湯子は怪我《けが》をしていたにも拘《かか》わらず、寝たままで動けなかった私のために様々な努力をした。松葉杖を突きながら院内の売店に行き、必要なものが手に入らない時には、私の制止を聞こうとせずにコンビニまで足を運んだ。細い身体を揺らしながら一段一段階段を降りていく彼女のことを、何度も看護婦から聞いた。私に見ることはできなかったが、その姿を想像することはできた。これから私は、彼女に対して応《こた》えていかなければならない。ヤマネさんが、横断歩道の手前の脇《わき》で、私に向かって手を挙げていた。

「すみません、時間通りだと思いましたが、遅れてましたか」

「いや、ああ、私が早く来過ぎたんだ。大丈夫だよ」

ヤマネさんは、なぜか落ち着きを欠いているように見えた。たまには夕飯でも、ということだったが、何か私に言うことがあるのだろうと思った。絶え間なく煙草を吸い、いつもより、さらに笑顔が多い。今度は、私が先に聞く番だろうと思った。

「何か、言い難いことでもあるんですか？　構わないから、言って下さい」

「ああ、うん、実はな、こういうのは悪いと思ったんだが」

彼は煙草を揉《も》み消し、新たに火を点けた。

「今から用意してある店に、君の父親が来ることになっているんだ。事前に言えば、君が来ないかもしれないと思ってな…。ああ、もちろん、私もあまり会わせたいとは思わないんだが…向こうが、どうしてもと言うんだ。何か君に頼みたいことでもあるのかもしれない。連絡先を教えないなら、直接会わせろとな。あなたに拒否する権利などない、とも言ってきた。たしかに、権利などないのかもしれん。だから、私が同席するという条件でな…」

ヤマネさんは詫《わ》びるような表情で、私の様子を確認しながら、言葉を選んでゆっくりと話した。彼のような善良な人間に、こういう思いをさせたことに気持ちが沈んだ。私は大丈夫だという意味を込めて、彼に笑顔を向けた。

「覚えてますか？　僕が入園して半年くらいの時の、慰問会でのこと」

「ん？」

「慰問会ですよ。僕が入園して初めての」

ヤマネさんは気の抜けたように私を見たが、やがて頷いた。

「あの時、色んなものが寄付されました。服が一番多かったですよね。でも、それはよく寄付されるような、いかにもお下がりのようなものじゃなくて、結構新しくて、みんな驚いた。寄付を募った地元の企業の方もとても優しくて、みんな、お礼に歌を歌いました」

スピードを上げた自動車が、信号の変わりかけた横断歩道を音を立てて横切っていった。小さな少女が、驚いたように振り返っている。ヤマネさんは煙草を吸うのを止め、私の顔を見ていた。

「でも、僕は、ちっとも喜ばなかった。服を着せられるのも、渡されるのも、嫌がって、何で嫌なのかを質問されても、何も答えず、ただ黙り込んで…。一部、僕に伝染したように嫌がる子供も現れて、会が台無しになりそうになりました。職員の方の努力で、何とか上手《うま》く運びましたけど、僕はそれに、泥を塗ったんです。善意を仇《あだ》で返されて、僕のせいで、多くの人が不快な思いをしたんです。寄付してくれた企業は、前々から施設が世話になっていたところでしたし…」

ヤマネさんは、穏やかに目を閉じていた。表情に現れる深い皺《しわ》に、改めて、彼が年を取ったことを思った。

「会が終わって、みんなで片付けを始めた時…、僕は、殴られると思いました。職員の方に、肩身の狭い思いをさせたんだから、みんな、本当に僕の様子に困っただろうから、酷くしかられて、何度か叩《たた》かれたりすると思いました。ヤマネさんが近づいてきた時、僕は、全身に力を入れて待ったんです。そうしていると、ある程度耐えられることを知っていました。でも、ヤマネさんは、僕を殴りませんでした。

殴るどころか、笑って、頭を撫《な》でてくれた。僕には、意味がわからなかった。どうして殴られないのか、理解できなかったんです。片付けようとしていた椅子を摑《つか》んだまま、しばらく、僕は動くことができませんでした。あの時のことを、僕は、忘れないです。これからどんなことがあったとしても、少なくとも、僕はあの時のことを覚えています。僕は今まで、大事なことに目を向けていなかった。あの時のことだけじゃない。ヤマネさんには、今でもお世話になりっぱなしで…。本当に、感謝しています」

私はそう言って頭を下げ、来た道を戻るために身体《からだ》の向きを変えようとした。

「なあ」ヤマネさんは慌てたように、声を大きくした。「確かに、会いたくないのはわかるが、やはり、一度会った方がいいんじゃないか？　そもそも、親が手放さなければ、君には違う人生があったんじゃないか。言いたいこともあるだろう？

何しろ君の」

私は、もう一度ヤマネさんの方へ顔を向けることにした。

「僕は、土の中から生まれたんですよ」

「え？」

「だから親はいません。今の僕には、もう、関係ないんです」

背を向けて、歩き出した私の正面には、前が見えないほどの人込みが待っていた。相変わらず多くの人間が行き交い、様々な表情をしながらそれぞれの方向に歩いていく。その中に「彼ら」の顔を見たような気がし、心が騒いだが、目を開けて歩いた。ヤマネさんはそれ以上呼びかけてこなかったが、きっと後ろで見てくれているだろうと思った。私は、この混沌《こんとん》の中を、ゆっくりと歩いた。どこまで進んでも、人の流れは絶えなかった。

もう少し生活が落ち着いたら、白湯子と小さな旅行をすることになっている。だがその前に、何かの決断も、要求することもできなかった、彼女の子供の墓参りをしようと思った。

蜘《く》蛛《も》の声

その首のない鳩《はと》の死体は、血液の入ったやわらかい袋のように見えた。誰がこんなことをしたのか、私は知らない。多分眠っているうちに、誰かが橋の上から投げ落としたのだろう。白かったコンクリートの地面は血液で濡《ぬ》れ、辺りには、無数の羽毛が飛び散っていた。なぜこの鳩が狙《ねら》われたのか、私は考えてみる。空を飛んでいたのが、気にくわなかったのかもしれない。しかしそれならば首ではなく、翼を引きちぎったはずだ。いずれにしろ、この鳩が空を舞っていなければ、狙われることもなかっただろう。不運だと思ったが、しかし同情することはできなかった。これが私の生活に入り込んだ、異物であることに間違いなかったからだ。

近くに落ちていた角材を使い、鳩を目の前の川に落とした。水飛沫《しぶき》が上がり、それはまるでもがくように、いつまでも流れに逆らい続けた。首がついていれば、あるいは苦痛の表情でも見えたかもしれない。鳩が消えると、乱れていた空気が静けさを取り戻した。日が沈み、辺りはその静寂を保ちながら段々と薄暗くなっていった。もうすぐ、ここは夜になる。私が待っていた夜に。

橋の下の、それを支えるコンクリートの窪《くぼ》みに潜んでいる私の姿は、誰にも見られることがない。後ろの土手からは死角になり、川の向こう岸は廃墟《はいきょ》になった工場が並び、川との間に歩道はなかった。私の姿を見るには、土手を下って川岸のコンクリートまで、私の目の前にまで来なければならない。薬品のような異臭を放つこの緑色の川に、用事のある人間などいない。気づかれるとしたら、犬くらいのものだろう。実際、一度犬の鳴き声を聞いたことがあった。土手から聞こえたその声は激しく、明らかに敵意を含んでいた。あの時、私はその犬が近づいて来ないことから、散歩中の飼い犬だと判断した。犬は多分、私の気配か臭《にお》いを感じ取り、あそこに何かがいると、飼い主に警戒を求めていたのだ。だが、その行為は無意味で、間違っていた。私はここを動く気はなかったし、攻撃を加えるつもりもなかった。怪しい者かもしれないが、完全に、無害だった。

どれくらいここにいるのか、もう覚えていない。数日であるのか、数週間であるのかも、わからない。だが、ここに来るまでの生活のことは、断片的にだが、覚えていることもある。私が以前勤めていた職場の、上司の満足そうな表情が頭に浮かんだ。私が取り結んだ小さな取引が、思わぬ営業ルートの開拓を秘めていた。考えてみれば、あの日が一つの境だったような気がする。あの時私は、大学を卒業したばかりの社員には異例の、臨時の報酬を受け取った。飲みに誘われ、祝福の言葉をかけられ、終電に乗って帰った。アパートに向かう途中、私はいつも通るこの橋の下の物陰の辺りを、立ち止まってぼんやりと見下ろしていた。あの時の私は多分、そこに物陰が存在することの意味を、何ら理解していなかったと思う。アパートに着き、スーツを脱ぎ捨ててそのままベッドに横になった。以前は女と住んでいたのだが、一週間ほど前から一人の生活に戻っていた。自分のこれからの生活を思い、私は一人、高揚する気分に浸ろうとしていた。明日から、私の状況は変わるだろう。仕事もより重要な、充実したものになり、給料も上がるはずだった。が、その感情の高ぶりの奥には、妙な胸騒ぎが隠れていた。私を不安にする、そのふつふつと疼《うず》くような感覚は、上司から喜ばしい結果を聞いた時から既に、自分の中に存在していたものだった。私はその胸騒ぎに不快感を覚え、取り除こうとしたが上手《うま》くいかなかった。さっき眺めた物陰がちらつき、上手く眠ることができなかった。遠くで救急車のサイレンが鳴り、強くなってきた風で部屋の窓が微《かす》かに揺れた。

目が覚めた時は、いつもより十五分遅かった。私はそのために、通勤の準備を二十分で済まさなければならなかった。朝食は会社で取ろうと思いながらテレビを点《つ》け、新しいYシャツに袖《そで》を通した。絨毯《じゅうたん》に放り投げられていたスーツには皺《しわ》が寄り、なぜ昨日ハンガーに掛けておかなかったのか疑問に思った。蛍光灯の一つが不規則に点滅し、そのせいか部屋の白壁が浮き上がって見え、私に息の詰まるような圧迫感を与えた。絨毯の無数の毛がざわざわと、執拗《しつよう》に足の裏を撫《な》でているように思えた。トーストをつくり、コーヒーをいれた。バターが切れていたので、ジャムを塗るしかなかった。コーヒーは熱く、火傷《やけど》しないように丁寧に吹いた。テレビが点いているのに、部屋の中がやけに静かだった。置き時計が目に入り、注意を向けると七時十五分を指しているのがわかった。それは同時に、残された時間があと五分しかないことを示していた。少し驚いたが、しかし自分が既にテレビ画面でそれを確認していたことを思い出した。私はよくわからないまま、コーヒーを吹き続けた。が、舌をあてると、既に冷めていることがわかった。コーヒーを諦《あきら》めてトーストを齧《かじ》り、くちゃくちゃと嚙《か》んだ。秒針の音が、カチカチと、私を刺すように響いた。私はその主張の激しい音を聞きながら、くちゃくちゃと、トーストを嚙み続けていた。スーツに付いた糸屑《くず》を指でつまみ、テーブルの上に置いた。力なく奇妙に歪《ゆが》んだそれは、うなだれた何かの幼虫のように見えた。心臓の鼓動が、少し速くなっているような気がした。私はその心臓の鼓動と、カチカチとした置き時計の音を、黙ったまま聞き続けた。テーブルの上の糸屑が、体を奇妙に動かしながら下へと落ちた。私は、何かを待っていた。何を待っているのか明確に意識しなかったが、緊張しながら、それを待ち続けていた。鳥肌が立ち、呼吸が微かに乱れていた。汗が頰を伝い、顎《あご》の辺りで下へと落ちた。時計の針がいつも部屋を出て行く七時二十分を過ぎた時、心臓に鈍い痛みを感じ、同時に、ふわふわとした、沸き上がるような解放感を感じた。私は尚《なお》も動いていく秒針を眺めながら、その解放感に体をまかせた。それは自分が何かから剝《は》がれていくような、そんな感覚だった。不安や恐怖を微かに伴ったが、根底には、確かな喜びがあった。

それから私は、部屋から一歩も出ることはなかった。食事も出前で取り、テレビのコンセントも抜いた。何度も電話がかかってきたが、その度に無視し、ニッパーを見つけた時に線を切った。雨戸を閉め、電気を消し、ほとんど座椅子《ざいす》から動かなかった。その姿勢のまま目を閉じると、自分が起きているのか眠っているのか、よくわからなくなることがあった。数日経《た》つと、出前の人間を見るのが不快になった。理由はよくわからなかったが、その赤く、ちかちかするユニフォームが目に痛かったのかもしれない。私はドアの郵便受けから、料金のやり取りをするようになった。相手は最初戸惑ったが、やがて、私のやり方に慣れた。

一度、そのやり取りが崩れたことがあった。いつものようにチャイムを聞き、私は千円札を郵便受けから外に差し出した。いつもならそのまま千円は外へと引かれていくのだが、あの時は、いつまで待っても引かれていかなかった。疑問に思い、しばらく迷ったが、覗《のぞ》き穴から外を見た。そこに立っていたのは同僚の男だったが、そのことよりも、その時に自分が感じた激しい恐れと逃げ出したい衝動に、私は不安になった。考えてみれば、このことは予想できたはずだったが、私は酷《ひど》く驚き、危うく、恐怖のあまり声を上げそうになっていた。

「いるんだろう？」

手で口を押さえながら、心臓の鼓動が静まっていくのを待った。が、ドアの向こうの声のせいで、中々治まることがなかった。相手は何かを問い掛けているようにも思えたが、私には「出ろ」「出ろ」と言っているようにしか聞こえなかった。私はその場で立ったまま耐えたが、何かが溢《あふ》れ出るように、不意に「殺すぞ」と叫んだ。思わぬ言葉だったが、効果があったようだった。その時ドアの覗き穴から見た、同僚の歪んだ、善良そうな表情は、私の中の何かを騒がせた。が、それも彼がいなくなると、やがて、何事もなかったように静まっていた。

私はそれから押し入れを開け、しまい込んでいたスポーツバッグを取り出した。不意に持ち出すことに抵抗を感じたが、私には時間がなかった。ドアを開け、周囲を見渡しながら外に出た。夜だった。それが何ともいえず、ありがたかった。その頃は部屋の電気を点けることもなかったので、あの浴びるような日の光を見たくなかった。外灯のぼやけた優しい光は、目を慣らすのに役に立った。人目を避け、走るように路地を抜けた。足腰が弱っているのか、何度かバランスを崩した。ＡＴＭ

で預金の全額だった七十万を下ろし、ポケットに詰めた。コンビニの強烈な光を我慢しながら、そこで缶詰と、飲料水を大量に買った。私はそれを三軒で繰り返した。十万を使う前に、バッグは一杯になっていた。その時の店員が自分をどういう目で見ていたか、覚えていない。頭には、もうあの橋の物陰の映像しか浮かばなかった。バッグを肩に担《かつ》ぎ、真っ直《ます》ぐそこへ、あの時ぼんやりと見ていた、いや、通勤の間中、いつも私が気になって仕方がなかったあの橋の下へ、吸い寄せられるように向かっていた。土手を降りて橋の下へ行き、その橋を支えるコンクリートの柱の窪《くぼ》みに、体を潜らせた。水の流れる微かな気配以外、音はなかった。闇《やみ》に覆《おお》われ、一切の光は届かなかった。私の脳裏に最初に浮かんだのは、「隠れている」という言葉だった。そしてその時、今まで私が求めていたものは、きっとこれだったのだろうと思った。外灯のない周囲、被《かぶ》さるような巨大な橋、左右からの視線を遮るこの柱の窪み、私は確かに、文字通り隠れていた。私は、湧《わ》き上がる安堵感《あんどかん》を感じていた。それは自分をコントロールするのが困難に思えるほど、どうしようもなく静かで、安らかな感覚だった。私はこの中で何にも関係することなく、誰にも見つからずにいることができた。冷んやりと皮膚に絡《から》むような日陰の空気は、他の人間を寄せ付けない異臭を孕《はら》みながら周囲を囲み、その中にいる私を、自分だけが異なる世界にいるような奢《おご》りの感覚にぞくぞくさせた。コンクリートの窪みはそのザラザラとした冷たい皮膚を密着させ、抱くように、私の体を少しずつ冷やしていった。周囲から身を潜めていることを意識すればするほど、私の気分は高揚し、体が内側から震えるように喜びが湧いた。そしてそこには、どういうわけか、確かな懐《なつ》かしさがあった。

周囲が明るくなる頃に眠り、目が覚めるのはいつも夜だった。初めは偶然だと思っていたが、次第に、自分が夜を求めていることに気がついた。月が雲に隠れると、ここは完全な闇になった。闇が私の体を消し去ると、私を覆っている安堵感は、明確な快楽にまで高まることがあった。それは何かに許されたような、守られているような、暖かで、染《し》み入るような感覚だった。それはいつも、どこからともなく、私の上に降りた。その快楽は幾分一方的で、得体が知れなかったが、私は抵抗することなく自分を捧《ささ》げた。夜が明ける前、私は暗闇に抱かれるように、その奇妙な快楽の中で眠った。

私は今、その快楽の中にいる。私が今求めているのは、この感覚だけだ。黒い大気に覆われるような、自分だけに起こる、この安らぎだけだ。こういう時、他の全《すべ》てのものがくだらなく思える。私を邪魔するものはない。私を邪魔するものは、この場所の特性と暗闇によって、阻《はば》まれている。

目が覚めると、雨の音がした。あるいは眠っていなかったのかもしれないが、少し前の記憶がなかった。川の水かさが幾分高くなり、流れも速くなっていた。強く降っているわけではないが、やはりこのような細い川には影響があるのだろう。雨の音にはしかし、心地よい感覚があった。橋の下にいる私は、濡れることもなかった。

ここに来てから何度雨が降っただろうか。考えてみたが、覚えているのは三回までだった。もっと降ったのかもしれないし、少なかったのかもしれない。それ以上考えなかったが、くだらないからではなかった。私は、何も変わらないとよく思った。最近は特に、その傾向が強かった。特に秀《ひい》でた価値などありはしない。ここにいる私にとっては、何かの成功よりも、雨の回数の方が重要だった。

エンジン音に気がついたのは、雨が小降りになってからだった。土手の上から聞こえるその音は、停車している自動車があることを示していた。多分カップルだろう、と私は思った。ここは人気もなく、自動車の中でセックスをするには最適な場所だった。微かだが、女の笑い声も聞こえる。あるいは、気のせいなのかもしれないが。

以前同棲《どうせい》していた女が、頭に浮かんだ。今となってはどうだっていいことだが、私の頭には、彼女の顔の輪郭がぼんやりと、浮かび続けていた。彼女はよく私に、「楽しい?」と確認した。私が「楽しい」と答えると、彼女は「本当に?」と聞き返した。きりがなかった。私と彼女の生活は、この繰り返しだったような気がする。彼女が求めていたのは、多分、私が与えることのできないものだった。私は可能な限り、努力したつもりだった。だが、努力という行為それ自体が、既に間違っていたのかもしれない。彼女は結局、他の男のところへ行ってしまった。微かなくだらないことを思い出した。それもこれも、あの自動車のせいだった。微かな怒りを感じたが、すぐに治まった。私のこういう感情は、もう大分希薄になっていた。

――ねえ、雨降ってるよ。

――いいんだよ。気持ちいいぞ。出てこいよ。

――何言ってるの？　こんな格好誰かに見られたらどうするの。

――誰もいないよ。こんなところに人なんていない。

――やだよ。

――車の上でしようか。ボンネットで。

――馬鹿《ばか》じゃないの？　もう帰る。

――何だよ、つまんねえ。

私は膝《ひざ》を抱えながら、その会話に耳を澄ました。まさかここに人がいるとは、彼らも思わないだろう。自分が「隠れている」ことを全身で感じながら、湧いてくる喜びに体を預けた。相手は私の存在を知らず、私は相手の存在に気がついている。これは明らかに、私の優位をつくり出していた。私は彼らに対して、優位な立場にいる。私がそっと近づき、彼らに攻撃を加えようとすれば、きっと成功するだろう。そんなことをするつもりはないが、私はこの優位感を味わった。あるいは、私は潜在的に、世界全体に対してもこの感覚を感じていたのかもしれない。私は安全な場所から、世界を感じている。今の私は、世界に存在を知られていない。もしミサイルでも持っていれば、私はそれをここから発射するかもしれない。世界は混乱するだろう。どこから飛んできたかわからないミサイルに、人間は恐怖するだろう。私は隠れている。誰に対しても、見つかるつもりはない。

上から何かが落ちた。煙草《たばこ》の吸い殻だ。斜めに落下したために、橋の下にいる私の側《そば》に落ちた。彼らのうちのどちらかが吸った煙草だろう、先端がまだ燃えていた。驚いたが、発進する自動車の音を聞くとまた少し落ち着きを取り戻した。煙草は斜めに降り込んだ雨に濡《ぬ》れ、燃え尽きる前に火が消えてしまった。吸い殻になったそれは、惨《みじ》めに歪んだ体を曝《さら》していた。私は見下すように眺めたが、次第に、目を離すことができなくなっていた。どういうわけか、放っておくと、それが動き出すような気がしてならなかった。

——おい、起きなさい。

日差しが目に痛かった。目を閉じてもそれは突き抜けるように、私の瞼《まぶた》の裏を赤く染めた。何かが肩に押しつけられている。それは執拗《しつよう》で強く、明らかに敵意を含んでいた。私は、不快でならなかった。光に抵抗するように強引に目を開けると、二つの黒い靴が見えた。その瞬間に脳裏に浮かんだのは、「見つかった」という言葉だった。心臓の鼓動が激しくなった。筋肉が痙攣《けいれん》し、急激な緊張と、忘れていた恐怖に襲われた。なぜここに、人間がいるのだろう。誰が、ここに人間が来ることを、許したのだろう。思いを巡らしているうちに、恐怖を押し切るように、不意に怒りが湧いた。日差しが目に痛い。今は私にとって、明る過ぎた。こめかみが締めつけられるような不快感を、どうすることもできなかった。私はゆっくりと目を開けた。自分でそうしたのだが、どこか強制されたような感覚があった。抑えようと思っても、私の視線は敵意に満ちた。そこに立っていたのは、青い制服を着込んだ男だった。青く大袈裟《おおげさ》な制服を着、手に黒い棒を持っている、警察の男だった。

——寝てるところすまないが、いや、まあここは元々寝る場所じゃないんだが……。近所の人から通報があってね。若い男が橋の下でうずくまってるってね。何日も前からいるらしく、様子も変だってね、おい、聞いているのか？　ん？　ああ、悪かったな、確かに寝てるところを起こしたよ。ああ、すまない。でも、おい、いい加減起きなさい……。

男の口が、もごもごと動いていた。彼が私に話しかけているのは明らかだった。どうしてこの男は、こんなにも大袈裟な格好をしているのだろう。こんな身なりで、私の場所に入り込むとは、どういうことだろう。ここは私の場所なのだ。少なくとも、誰も利用しない場所なのだから、私がいても迷惑にならないはずだった。どうすれば、この男をどけることができるのだろう。私は考えなければならない。一刻も早く、この大袈裟な奴《やつ》を、ここからどかさなければならない。

——こんなところにいたら風邪ひくだろう？　ん？　年は幾つだ？　名前は何という？　ホームレスになるにはまだ若過ぎるだろう。どうしてこんなところにいるんだ？　家はどこだ？　ん？　どうした？　聞いてるのか？

どうしたら、こいつをどけることができるのだろう。会話だろうか。会話をすれば、こいつはどいてくれるのだろうか。しかし、こいつは喋《しゃべ》り過ぎる。それに、言葉が速過ぎる。私は、自分の喋る隙《すき》を見つけることができない。こいつは一体、何がしたいのだろう。

「し、質問は、一つずつだ」私はやっと言葉を出した。しばらく喉《のど》を使っていなかったせいか、自分でも息のようにしか聞こえなかった。

――何だって？

「だから、質問は、一つずつだ」

――ああ、なるほど。でも、もっと大きい声は出ないのか。

男は私の顔を覗《のぞ》き込むように眺めた。なぜか奇妙な笑みを浮かべている。私は何かおかしいことを言っただろうか。何もおかしいことは言っていないはずだった。

私はまた不快な気分になる。さっきからくすぶっていた怒りの感情が発作のように沸き上がり、不意に沈んだ。

――じゃあ、名前は？　まず、身分を証明できるものを出してくれ。

「ない」

――まじめに答えるんだ。これは職務質問だ。君はこれに答える義務がある。

「だから、ないんだ」

――というのは、どこかに忘れてきたのか？

「捨てた」

――え？

「捨てたんだ。ひ、必要ないから」

男はまた私の顔を覗き込むように見た。今度は笑みをやめて、眉間《みけん》に皺《しわ》を寄せている。この表情は、滑稽《こっけい》な気がする。今度は私が笑う番だろうか。

――ふざけたことを言うんじゃない。私だからよかったものの、他の警官だったら、すぐに交番に連れて行くところだぞ。

「ほ、本当だ。保険証は、ビニールから出して、燃やした。免許証を燃やした時は……、プラスチックみたいなのが溶けて、い、嫌な臭《にお》いがした。捨てたかったから、捨てたんだ。もう、いらない」

警官は屈《かが》んでいた身体《からだ》を伸ばし、私を見下ろすように眺めた。警官の体で影になり、私は太陽の光を強く感じずに済んだ。

――君、名前は？

男の声が、少し大きくなったような気がした。

「忘れた」

――あ？　何を言ってるんだ。

「な、何だっていいじゃないか。お前が好きなように、な、呼べばいい」

いつになったら、こいつはどいてくれるのだろうか。どうして、こいつは、どいてくれないのだろうか。私の言葉が不十分なのだろうか。これ以上、私は何を言えばいいのだろうか。

――この辺りで最近起こっている連続通り魔事件、知ってるか?

「え?」

――だから、この辺りで最近起こってる連続通り魔事件だよ。若い女性の首をいきなり切りつける、猟奇事件だ。死者も出ている。知っているか?

「し、知ってる」

――なぜ?

「か、看板が出てた。ここに来る前に、注意の看板を見た」

――ふうん。

言葉は、面倒だ。まずいことを一言口にしただけで、幾つもの言葉を使って補わなければならない。上手《うま》くいかなかった場合、状況は、より一層悪くなるのだろう。

――その犯人の男の特徴なんだが、ジーンズにボタンの付いたシャツ。犯行がいつも夜に行われてるから色まではわからないが、偶然だな。君も同じような服を着ている。

「そんな服を着ている奴は、他に、い、幾らでもいる」

——その男は、ぼさぼさの頭をしているらしいぞ。これも偶然だな。

「ぐ、偶然だ」

——立て。一緒に来てもらおう。

「俺は、誰の命令も聞かない」

——いいから、立つんだ。そこから、出ろ。

男は、そのごつごつとした手で私の手首を握り、力強く引いた。その時、突き上げるような衝動があった。それは自分でも上手く把握できないほどの、抑えのきかない、突発的な怒りだった。私はその手を払った。その時の私の力は、自分のものとは思えないほど、強引で荒々しかった。男はバランスを崩し、驚いたようにこちらを見ていた。私は男を憎悪《ぞうお》するというよりは、自分の感じた激しい怒りや、その行動に驚き、乱れていく意思や感情を、どうすることもできなかった。自分が自分ではなくなっていくような、そんな気がし、恐怖に襲われ、その場にいることが難しかった。男がゆっくり近づいてきた。顔を弱々しく歪《ゆが》め、謝るようなことを言っていた気もしたが、もう私には、関係なかった。私は男に飛びかかった。そうせざるを得ないような、よくわからないが、そんな感じだった。そして両手を突き出し、そのまま男を、力強く、川の中へ突き落とした。

＊

昔のことを思い出す。会社や彼女のことではなく、それよりもずっと昔のことだ。私は女と歩いていた。女の顔や名前は浮かばないが、私は酷《ひど》く小さかった。外灯の消えかかった暗がりの山道は、まるでそう進むことを強いるように、不自然なほどの一本の道になっていた。所々に大きな石があり、水溜《た》まりがあり、歩いているのは私達だけだった。正確に言えば、私は歩いてはいなかった。女に腕を摑《つか》まれ、ぐいぐいと、その先へと引っ張られていたのだ。片手を摑まれていたので、重いスポーツバッグをもう片方の腕だけで持っていなければならなかった。冬の刺すような冷気で、指先が酷く痛んだ。沈黙している女に向かって「どこにいくの」と私は何度も聞いていた。女がやはり答えないので「どうしていくの」と途中から質問を変えたような気がする。女は私を睨《にら》んだが、立ち止まることはなかった。結局、女は最後まで、そのどちらの質問にも答えることはなかった。

風で揺れ動く夜の木々の不気味さや、凍えるような空気の冷たさも怖かったが、何よりも嫌だったのは、有無を言わさずに私の腕を引く、その女の力の強さだった。やがて、見知らぬ家に着いた。女の姿をそれから見ることはなかったが、それでも自分を引いていく、あの腕の力の感触だけは、私の中に残り続けた。あの時、これが生きるということなのだ、と思った。腕を摑まれるように日々の中を歩かされながら、これからも、私は様々な目に遭うのだろうと。そして自分を引いていくこの力は、そのまま私を磨《す》り減らしながら、やがては死まで連れていくのだ。年を重ねてからも、倦《う》むような毎日の中、それがまだ続いているような気がしてならなかった。何をするにしても、腕に引かれているような、嫌な感覚が付きまとった。もう、その世界の流れに付き合うことはない。私は逃れ、自分の生活に浸ったのだ。

目の前の川は静かな流れを取り戻していた。川の中に腰まで浸《つ》かった警官に、私は手を貸しながら何度も謝った。明日までにここから出て行くと約束し、自分は通り魔ではないことを懸命に説明した。警官はまだ不満そうだったが、やがて、また明日来ると言い残し姿を消した。

暗闇《くらやみ》の中で膝《ひざ》を抱えた。半分に欠けた月が水面でゆらゆらと揺れている。赤茶色の、足の長い小さな蜘蛛《くも》が、一本の糸を使って空中に浮いていた。

明日、ここから出ていかなければならない。が、それほど億劫《おっくう》には感じなかった。こういう場所は、どこにでもあるからだ。通勤の電車の中からいつも見ていた、ここことは違う大きな川があった。そしてその川を跨《また》ぐ、大きな橋もあった。

私はまた同じようにそこで生活するだろう。もう、それ以外の生活に興味はない。女や、会社の同僚達の顔がぼんやりと浮かんだ。彼らには、彼らの生活があるのだ。

——何言ってるんだ？

浮遊していた蜘蛛がそう言った。私を訝《いぶか》しそうに眺め、より近づくためか糸を出しながら緩やかに下降した。

——お前は会社になんて、勤めたことがないじゃないか。

さっきまで揺れていた月が消えた。空を見上げると灰色の雲に隠れている。雨が降るかもしれない。雨が降れば、またここの水かさは上がるだろう。私は現在の水かさを見つめ、それを心配した。川の表面は波立っていたが、光がないために何も映らない。

――それにさっきは、独り言を言っていた。保険証を燃やしたとか何とか、あれは何だ？　誰と喋っていたんだ？　お前の周りには、誰もいなかったじゃないか。

私は黙ったまま蜘蛛を見つめた。視界がぼんやりするのは、霧が出てきたからなのかもしれない。私はスポーツバッグからミネラルウォーターを取り出し、強く握った。ペットボトルの蓋《ふた》を回す音が、静寂を保っている空気の中でカラカラと鳴った。私はそれを少しだけ飲み、喉を通っていく生暖かい感触を確かめた。蜘蛛はまだ、私のことを見つめている。

「そうかもしれない」と私は言った。私の声は、喉を湿らせても乾いていた。「でも、証拠はあるのか？　誰もいなかったという、そういう証拠が」

――証拠なんてない。でも、大体不自然じゃないか。お前のせいで腰まで水に浸かった警察官がさ、そのまま帰っていくわけないだろう？　本当だったら、今頃お前は交番の中だ。

「なるほど。確かに、そうかもしれない」

蜘蛛は私から視線を外そうとしない。蜘蛛の目を見ることはできないが、私には、なぜかそう思えてならなかった。体がぼやけ始め、その輪郭を確認することが難しくなっていく。赤茶から緑へ、そして黄色く光っていくように見えた。もしもこいつが人間だったら、煙草《たばこ》でもくわえ、大袈裟《おおげさ》な身振りで近づいてきたのかもしれない。相変わらず、月は見えない。酷い耳鳴りがした。脳を刺すような硬い音が、少しずつ膨脹しながら両方の耳から聞こえた。

――お前は会社になんて勤めていない。同棲《どうせい》していた女だって、いない。そうだろう？　お前は、何もしていないんだよ。お前は、ただ、ずっと隠れていただけだ。いいか、よく聞くんだ。お前が、まだ、小さい子供だった頃のことだ。女に連れられた後、確かに生活は始まった。自分の意思に関係なく、否応《いやおう》なしに始まったと、お前が感じていた生活だ。二年ほどが経《た》った頃、ちょうど今日と同じくらい酷く暑かった日だ。お前は、一緒に住んでいた子供達と共にいた。人数は三人。工場の跡地が、お前の住んでいた場所の近くにあったはずだ。お前はそこで子供達と、巨大なパイプの上によじ登ったり、積み上げられた様々な鉄材の間を走り回ったりしていた。そこに浮浪者が寝ていたんだ。中年の、汚い顔をした、汚い服を着た男が、酔い潰《つぶ》れて軽トラックの荷台の上に寝転がっていたんだ。お前はそれを見ていた。

じっと見ているうちに、お前は段々と、その男に激しい怒りを感じ始めた。深い理由はない。ただ、酔っぱらって寝転がっている、そのみっともない顔をした中年の大人が我慢できなかったんだ。お前は手に六角形のボルトを摑んでいた。手のひらくらいはある、大きくて重いやつだ。お前はありったけの力を込めて、そのボルトを男の頭部を狙《ねら》って投げた。頭を狙えば、そいつが死ぬと思ったからだ。ボルトは当たり、男は悲鳴を上げて悶《もだ》えたが、死ななかった。お前を睨み、怒り狂いながら、荷台から飛び降りてきた。近くにいた子供が、お前の手を引いて逃げろと叫んだ。お前はそれに従って逃げた。呼吸ができなくなるくらい走り、相手を攪乱《かくらん》するために三人は別々に逃げ、それぞれ隠れた。半ズボンの子供は、廃車になっていた黒い自動車の下に入り込んだ。もう一人は太っていたから、そこに入り込むことができずに、タイヤの辺りで頭を抱え、屈み込んでいた。お前はというと、彼らとは少し距離をおいて、積み上げられた鉄板の向こう側へ飛び込んだ。その一メートル四方を鉄板やコンクリートブロックで囲まれた空間に、お前は自分の体を収めた。一番上手い、隠れ方だった。男の叫び声が近づいてきた。言葉にならない怒号を上げながら、手に角材を持ち、両方の目を剝《む》き出すように見開いていた。男は眠りから覚めても、明らかにまだ酔っていた。酔った大人がどれほど厄介か、お前はよく知っていた。「その辺にいるだろうが」男はそう叫びながら、辺りをその角材で打ち始めた。男の酒の混じった体臭が、辺りに充満していた。お前は乱れていた息を整え、音を立てないようにその場で座った。少しでも見つからないようにするためだ。体を無理に曲げ、鉄板の間の細い隙間《すきま》から覗くと、男の顔から血が流れていることがわかった。お前は満足した気分になった。あの血液がもっと噴き出し、男の体が干からびてカスみたいになるところを想像した。男が角材を振り上げ、壁となりお前を隠していたすぐ側《そば》の鉄板の束を、力強く打った。お前は驚いたが、男が自分を見つけたわけではなく、ただがむしゃらに叩《たた》いているとすぐに気がついた。お前はまた体を中央に戻し、その高く残響する音の交錯の中で、口に手を当て、男が離れていくのをじっと待った。それは僅《わず》かな時間だったが、お前にはいつまでも続くように思えた。

やがて、一人の子供が見つかった。半ズボンの方だ。男が角材で自動車を打った時に、愚かにも悲鳴を上げたからだ。それに連鎖するように、太った子供も悲鳴を上げた。男はまず太った子供を蹴《け》り、半ズボンの胸ぐらを摑んだ。太った方は逃げることを忘れ、ガタガタと震えながら座り込んでいた。「お前らじゃないな」と男は叫んだ。「俺の頭にぶつけた奴《やつ》は、あの目付きの悪いガキはどこにいる?」

あの時お前は心臓に何かが刺さったように痛みを感じた。だが同時に、妙な感覚もあった。それが何であるのかは、しかしお前にもまだよくわかっていなかった。

男は半ズボンの髪の毛を掴み、膝でその顔を蹴った。驚いたのか、お前は体のバランスを崩し、横に倒れそうになった体を支えるために、左手を地面につけた。その時、コンクリートブロックが目に入った。三つの穴が空いている、どこにでもあるようなコンクリートブロックだ。お前は恐る恐るそれに顔を近づけた。得体の知れない胸騒ぎが、お前を覆《おお》っていた。そこには、お前が期待していたものがあった。目の前に空いたその三つの穴は、まるで双眼鏡のように外界の姿を映し出していた。お前は胸を躍らせながら「最初からこうやっていればよかった」と思った。半ズボンの鼻から血が流れていた。太った方はまだ泣きながらうずくまっていた。男が半ズボンの頰を平手で打った。「あいつはどこだ?」と男は叫んだ。半ズボンは「知らない」と繰り返していた。多分本当に知らないのだろう、とお前は思った。お前がこの場所を見つけた時には、彼はもう既に自動車の下に体を入れていたのだから。

「あいつはどこだ？」お前はそれを聞く度に、奇妙な喜びを感じていた。「あいつはどこだ？」「あいつはどこだ？」お前はその声を聞きながら、息を潜め、その場に隠れ続けた。「あいつの居所を言わんと、こうやって殴り続けるぞ」男はそう叫ぶと、言った通りに半ズボンの頬を張った。躊躇《ちゅうちょ》なく怒りをぶつける男に、手加減はなかった。半ズボンは「知らない」とただ泣いているだけだった。お前はそれを見続けた。ぶたれる度に上がる半ズボンの悲鳴を聞きながら、息を潜め、時々唾《つば》を飲み込みながら、体を少しも動かすことはなかった。自分が出て行けば、彼らを助けることができたのに、お前はいつまでもそこに隠れ続けたんだ。

だが、それは恐ろしいからではなかった。お前は全《すべ》てに投げやりな、自分自身をも粗末に扱うような子供だったから、たとえ殺されることになったとしても別に構わなかったはずだった。ならどうしてだ？　もう自分でも、よくわかっているはずだ。お前は、その状況が、たまらなく心地よかったんだ。その隠れているという状態が、その行為が、たまらなく快感だったんだ。この刺すような緊張、やり過ごす、という喜び、そして何より、自分が今隠れているという意識それ自体が、お前を酷く興奮させたんだ。そして、お前は気がついた。こうしていれば、自分を引いていくものから逃れることができると。面倒で不快だった日々を、やり過ごすことができると思ったんだ。お前に関わり合う全てのものから、その煩《わずら》わしさから、逃れることができる。その時お前は、顔に笑みを浮かべていた。半ズボンの顔は血まみれになっていたが、もうお前は、その映像に意味を感じることができなかった。

蜘蛛はそう言い終わると、くるくるとその場で回転し始めた。それが蜘蛛の意思であるのか、糸の加減なのかはわからなかったが、回転は中々止まることがなかった。私は煙草を吸いたいと思った。自分に喫煙の習慣があるのかどうかわからなかったが、近くに煙草があれば、自分はそれを吸うだろうと思った。

「長い話だ。退屈で聞いてられない」

――いや、お前はちゃんと聞いていたよ。

「さあ、どうかわからない」

蜘蛛はゆっくりと回転をやめた。その様子から、やはりそれが蜘蛛の意思だったことがわかったような気がした。蜘蛛は緩やかに下降し、地面に着く寸前のところで止まった。この糸を切ってしまえば、あるいはこいつを黙らせることができるかもしれない、と思った。

——続きの話だ。本当は、俺はこれを言いに来たんだ。お前は家に帰ったあと、酷《ひど》く叱責《しっせき》を受けた。お前のせいで半ズボンが入院することになったからだ。様々な非難の言葉を浴びたが、もうお前にはどうでもよかった。翌日、お前は家を出た。世界から身を隠しながら、毎日を過ごした。そして今の有様だ。お前の年齢は十六だ。会社になど勤めたことがあるはずがない。取引？ 思わぬ営業ルート？ 意味がわからない。ずっと隠れていたんだよ。お前は、まともに女と喋《しゃべ》ることさえできない。ふつふつと湧《わ》いてきた性欲をまともに発散することもできず、通行人の女の首に切りつけることに快楽を得るような、薄汚い、屑《くず》のような、通り魔だ。

「何を言っているんだ？ ふざけたことを言うな」

——ふざけてなんかいない。お前は通り魔だ。お前は、まともに生きてなんかいないんだよ。腕の感触なんて、そんなものからはとっくに逃げ出しているんだ。

「でも」と私は言った。「でも、証拠はあるのか？ 俺が通り魔だっていう、そういう証拠が」

——証拠？ お前のスポーツバッグの中に、平たい、両刃のナイフが入っているはずだ。

「そんなものは、多分、入っていない」

――それに今はよく見えないが、明るくさえなれば、お前の着ているシャツが血に染まっているのがわかるはずだ。

蜘蛛《くも》はまたくるくると回転した。嘲《あざけ》っているのだろう、と私は思った。その動きを見ていると微睡《まどろ》むように意識が薄れ、目を逸《そ》らした。

――でも大体、どうしてそんなことを気にする？　だってそうだろう？　お前が何者であろうと、もはやそんなことは大した意味をなさないじゃないか。何もかも放り出して、隠れることにしたのだから。お前が何者だろうと、何をやってきた人間だろうと、もはや関係ないんだよ。お前はそういうものを失ったんだ。そうだろう？　隠れるのは確かに快感だろうが、今では、俺の声さえ聞こえる有様じゃないか。何なら、お前を生まれながらのホームレスにしたってよかったんだ。それとも、戦争から逃げている脱走兵がよかったか？　名前は何がいい？　俺が決めてやろうか、おい、どうなんだ？

私は蜘蛛の糸を切った。指で弾けば切れるだろうと思ったが、その通りだった。蜘蛛は地面に落ちたが、しかしその場を離れようとしなかった。

——首のない鳩《はと》の死体だって、どうせお前がやったんだ。

「違う」

——いや、お前がやったんだ。空を飛んでいたのが、気にくわなかったんだろう?

私は蜘蛛を踏み潰した。何度も踏んだせいか、それは煙草の吸い殻のように、細かい屑になった。乱れた呼吸を整え、速くなった心臓の鼓動を静めようとした。ミネラルウォーターを飲み、コンクリートの壁にもたれかかった。水のもつ微《かす》かな甘みが喉《のど》に絡《から》み、背中に冷んやりとした石の硬さを感じた。私は膝を抱えながら、その冷気がもたらす這《は》い上がるような背中の震えを、いつまでも感じ続けた。

微かに光を感じ、見上げるとそこに月が見えた。私が踏みつけた屑が風に吹かれ、パラパラと、嘲るように水面に浮いた。私はそれを黙ったまま見つめていた。頭には、さっきの蜘蛛の声がまだ、響き続けている。

私は確かに、ここに隠れていた。誰にも、見つかるつもりはない。だがあの蜘蛛は確かに、私の生活に入り込んだ。私の意思に関係なく、これからも入り続けるだろう。ああいうものから逃れるには、目の前の、この川に飛び込むしかない。この場所の特性も、私を覆う暗闇《くらやみ》も、もはや何の役にも立たない。

頭が、ぼんやりとする。蜘蛛は消えたが、その声は、やはりいつまでも消えようとしなかった。会社の同僚や、彼女の顔を思い浮かべようとしたが、その度に、声は邪魔をし続けた。声は執拗《しつよう》で強く、私の中に入り込み、全てをかき消そうとした。私は本当に、通り魔なのだろうか。ここに来る途中に確かに見た、あの看板に書かれていた、連続通り魔事件の犯人なのだろうか。考えてみたが、どういうわけか上《う》手《ま》くいかなかった。コツコツと、ハイヒールの地面を打つ音が頭上から聞こえる。私はそれを襲いに行くのだろうか。考えがまとまらないが、自分がそう行動するような気がしてならなかった。しかし、いや、通り魔なら、通り魔らしくするべきだ。私は何かに引かれるように、スポーツバッグの中を漁《あさ》り、平たい、両刃のナイフを探そうとしていた。だがいくら探しても、中に入っていた缶詰やペットボトルを全て出しても、それは見つからなかった。通り魔の私は、そのナイフを使わなければならないはずだった。どうして見つからないのだろう。一体、どうすればいいというのだろう。早くしなければ、戦争から逃げた私を捕まえるために、多くの人間が押し寄せてくる。背筋に痙攣《けいれん》のような震えが走り、叫びたくなるような恐怖に体中の筋肉が竦《すく》み上がった。明日になれば、あの警官との約束を守らなければならないし、ナイフを見つけなければ、滅多に来ない獲物《えもの》を逃し、同僚がまた部屋に訪ねてくることにもなりかねない。杭《くい》で打たれるような頭痛、意識が裂けていくような感覚の中、何かを見たような気がした。自分に要求する全てのもの、自分を動かし、中に入り込もうとするうねりのような力、その確かに存在する力が腕のように伸び、自分を摑《つか》み、強く引いていた。私には今、確かにその映像が見える。これは幻覚だろうか、いや、これが幻覚だろうと何であろうと、もはやそんなことは関係なかった。

やはり、ナイフを見つけなければならない。いや、というよりも、私は何かを、ナイフのように使わなければならない。この生活を続けるために、自分に押し迫ってくる全てのものを、ありったけの力で切り落としてやるのだ。

あとがき

「土の中の子供」は僕の通算五作目の小説で、「蜘蛛《くも》の声」は少しさかのぼって三作目の、初めて発表した短編小説、ということになる。この二つの小説にストーリー的な繋《つな》がりはなく、それぞれ独立した作品なのだけど、こうやって並べてみると、色々と気づいたことがあった。あくまでも個人的な見解、ということだが、物語の向かっていく方向は異なっても、二作ともそれぞれの形で、僕の本質的な部分を如実《にょじつ》に示しているように思えた。「土の中の子供」でも少し触れたが、僕は小説というものに、随分と救われてきた。世界の成り立ちや人間を深く掘り下げようとし、突き詰めて開示するような物語、そういったものに出会っていなければ、僕の人生は違ったものになっていたと思う。僕にとって小説はかけがえのないものであり続け、また、生きる糧《かて》であり続けた。こうやって自分で書くようになっても、それは少しも変わることがない。

この本に携わってくれた方々、そして読んでくれた全《すべ》ての人達に感謝する。

二〇〇五年　七月三日　　中村文則

解説　意識に隠されたもの

井口時男

中村文則の小説の主人公たちは、いずれも、幼い時に両親に棄《す》てられたり（「銃」）、突然の事故で両親を失ったり（「遮光」）、死病に罹患《りかん》したり（「悪意の手記」）、養家で虐待《ぎゃくたい》されたり（「土の中の子供」）、むごい暴力の現場に遭遇したり（「最後の命」）している。彼らはみな、無防備なやわらかい心のまま、世界の不意の「悪意」に襲われたのだ。そしてどの小説も、二十代になった彼らの一人称「私」によって語られている。その意味で、中村文則はただひとつの主題だけを変奏しつつ書きつづけているのだといってもよい。暴力をこうむった子供は、どのようにしてその後の生を生きるのか、どのような困難に逢着《ほうちゃく》し、どのようにしてその困難を克服できるのか、という主題である。

「土の中の子供」の冒頭、深夜の公園で自分から暴走族グループを挑発した「私」

は、殴られ蹴《け》られて地面に倒れている。

土の臭《にお》いを嗅《か》ぎながら、奇妙な感覚に襲われた。全身を圧迫されるような恐怖や、先のまったく予測できない不安に掻《か》き乱された感情の奥に、確かにある、何か得体の知れないものに、胸がざわついていた。私の口もとが、微《かす》かにほころんでいる。もっと殴られ、蹴られていけば、自分はミンチのようになり、この地面の奥深くに、土と同化するように消えてなくなるかもしれない。恐ろしかった。奪われるように力が抜け、速くなる心臓の鼓動が苦しかったが、痙攣《けいれん》している背筋を、悪くないと感じていた。恐怖のための震えが、少しずつ、何か別のものに変化していく。私はあきらかに、何かを待っていた。恐ろしいにもかかわらず、でも確かに、じっと待機しているような感覚があった。

暴力の表現は、今日、たとえばマンガやアニメや映画にもあふれている。それは、高度化したテクノロジーまで駆使して、視覚や聴覚への刺激をエスカレートさせる。文学も、ときどき、それをうらやむことがあるし、実際、そのうらやましさを露呈させてしまう小説もある。

だが、言葉は、ことに書かれた言葉としての文字は、けっして映像や音響のように感覚を直接に刺激することはない。文字はつねに、間接性とずれと遅れを強いられている。文字で書くしかない小説は、だから、別なことをするしかない。「土の中の子供」も、たしかに別のことをしている。

「土の中の子供」は、「私」がこうむる暴力の様相を、外からではなく、「私」の意識の内側から記述するのだ。つまりこの小説は、暴力というものを、徹底した受動性において、苦痛を受ける者としての受苦の様相において、描くのである。しかし、たんに描くのではない。

「私」の意識は理不尽な暴力をこうむりつつも認識と内省をやめない。肉体は血を流し、痛みにうめき、痙攣しているが、意識は、自分の受ける暴力の意味を考えつづけている。この意識は、身体と、わずかに、紙一重、ずれている。身体は外から加えられる凶暴な力に直接に反応するしかないが、意識は、この紙一重のずれにおいて自由を確保している。そのずれ、その自由において、意識は、暴力の意味、自分の行為の意味を考えるのである。

だが、ここには意識によってはとらえきれない何かがある。「私」は「土の臭いを嗅ぎながら」、恐怖のさなかで「何かを待って」いるのだが、それが何であるか、明瞭《めいりょう》にいうことができない。肝腎《かんじん》のものが、意識には隠されている。「私」は何を待っているのか。読者はやがて、彼が幼い日、養父母によるすさまじい虐待の果てに、生きながら土に埋められて殺されかけたことを知る。そのとき、死とは「土に同化する」ことにほかならなかったはずだ。では、彼は、少年時のトラウマ的な体験を反復しているのか。彼が待っているのは、恐怖の先にある死そのものなのか。

意識の背後で「私」を衝《つ》き動かしているのは、フロイトのいう「死の欲動」であるかもしれない。フロイトによれば、「死の欲動」とは、物質の中で目覚めた有機体としての生命が、生命でありつづけるために強いられている緊張を完全にほどいて、無機物に回帰しようとする欲動である。それなら、「土と同化する」ことは、フロイトの定義どおりの「死の欲動」である。

フロイトは、第一次世界大戦の戦場からの帰還者や大きな事故に遭遇して生き延びた人が、戦場や事故の現場を繰り返し夢に見るという事実に注目した。恐怖体験を反復するようなその夢は、夢は願望充足だという彼の理論に適合しない。ただ恐怖と苦痛しかないにもかかわらず、人は何度も繰り返して、その恐怖と苦痛に満ちた夢を見てしまう。「死の欲動」は、この不可解な反復を説明するためにフロイトが立てた仮説である。

たしかに「私」は、自分を危難にさらすような行動を反復する。「自分は、死を求めているのだろうか。しかし彼は、自分で自分の行為を反省しつつ、こう思う。一連の奇行は、全《すべ》てそれに惹《ひ》かれた結果なのだろうか。違う、と私は思った。似ているように思うが、やはり違うような気がした。」そして、一つの自覚に到達する。

私が望んでいたのは、克服だったのではないだろうか。自分に根づいていた恐怖を克服するために、他人が見れば眉《まゆ》をひそめるような方法ではあったが、恐怖をつくり出してそれを乗り越えようとした、私なりの、抵抗だったのではないだろうか。

この自覚において「私」は、死への衝動とすれすれに働いているはずの生への意欲を救い出そうとしている。しかし、この自覚の直後に「私」は、これも幾度も反復されていた「落下」の感覚に襲われてしまうのだ。落下の光景は彼の記憶にはなかったものだという。だから、それが仮構された象徴的な光景であるのか、意識の底深く隠蔽《いんぺい》された事実の記憶であるのか、「私」も決定できないし読者も決定できない。

小説の末尾、実父に会うことを拒んで、「僕は、土の中から生まれたんですよ」と言うとき、彼は彼の生を拘束しつづけた恐怖の体験をとうとう克服できたようにみえる。自立し独立した一人の若者としてすっくと生きようとする決意を表明しているようにみえる。けれども、この克服、この決意は、実父の存在の否認を代償にしている。そして、落下の光景において、ベランダの柵《さく》から幼い彼を落とそうとしていたのが実父だったとすれば(私はそう読むのだが)、意識に隠されたものとの彼の対決、克服へのつらい戦いは、まだ終わっていないことになる。

「土の中の子供」の一人称の記述は張り詰め、緊張している。「私」が生の困難と戦いつづけているからである。しかし、「私」の真の戦場は、「私」の意識の内部にある。それは、底に隠れて自分を衝き動かす何ものかを引きずり出し、その正体を見極め、認識し、自覚し、自覚することで克服しようとする戦いなのだ。

おそらく、「私」の意識は二重底になっている。底と見える体験もまだほんとうの底ではない。ほんとうの底は隠されている。隠したのは作者である。隠されたために、「私」の意識は宙に吊《つ》られたままの緊張を、すなわち謎《なぞ》をはらんだサスペンスを強いられている。作者の仕掛けは見事に成功している。

本書は短編「蜘蛛《くも》の声」を併録している。「蜘蛛の声」の「私」は、「土の中の子供」の「私」とは逆に、何ものかとの戦いを回避したがために自己欺瞞《ぎまん》に陥った「私」である。しかし、意識にとっては、自己欺瞞を維持しつづけることもまた、緊張に満ちた戦いにほかならない。ここでも、中村文則の文章は、見事な効果を発揮している。

（平成十九年十一月、文芸評論家）

この作品は平成十七年七月新潮社より刊行された。

西加奈子著 **白いしるし**

好きすぎて、怖いくらいの恋に落ちた。でも彼は私だけのものにはならなくて……ひりつく記憶を引きずり出す、超全身恋愛小説。

誉田哲也著 **ドルチェ**

元捜査一課、今は練馬署強行犯係の魚住久江、42歳。所轄に出て十年、彼女が一課に戻らぬ理由とは。誉田哲也の警察小説新シリーズ！

本多孝好著 **真夜中の五分前** five minutes to tomorrow (side-A・side-B)

双子の姉かすみが現れた日から、五分遅れの僕の世界は動き出した。クールで切なく怖ろしい、side-Aから始まる新感覚の恋愛小説。

伊坂幸太郎著 **ゴールデンスランバー** 山本周五郎賞受賞 本屋大賞受賞

俺は犯人じゃない！　首相暗殺の濡れ衣をきせられ、巨大な陰謀に包囲された男。必死の逃走。スリル炸裂超弩級エンタテインメント。

伊坂幸太郎著 **オーデュボンの祈り**

卓越したイメージ喚起力、洒脱な会話、気の利いた警句、抑えようのない才気がほとばしる！　伝説のデビュー作、待望の文庫化！

伊坂幸太郎著 **ラッシュライフ**

未来を決めるのは、神の恩寵か、偶然の連鎖か。リンクして並走する4つの人生にバラバラ死体が乱入。巧緻な騙し絵のごとき物語。

伊坂幸太郎著
重力ピエロ
ルールは越えられるか、世界は変えられるか。未知の感動をたたえて、発表時より読書界を圧倒した記念碑的名作、待望の文庫化！

いしいしんじ著
ぶらんこ乗り
ぶらんこが得意な、声を失った男の子。動物と話ができる、作り話の天才。もういない、私の弟。古びたノートに残された真実の物語。

いしいしんじ著
麦ふみクーツェ
坪田譲治文学賞受賞
音楽にとりつかれた祖父と素数にとりつかれた父。少年の人生のでたらめな悲喜劇を貫く圧倒的祝福の音楽、そして麦ふみの音。

江國香織著
流しのしたの骨
夜の散歩が習慣の19歳の私と、タイプの違う二人の姉、小さな弟、家族想いの両親。少し奇妙な家族の半年を描く、静かで心地よい物語。

江國香織著
号泣する準備はできていた
直木賞受賞
孤独を真正面から引き受け、女たちは少しでも前進しようと静かに歩き続ける。いつか号泣するとわかっていても。直木賞受賞短篇集。

江國香織著
雨はコーラがのめない
雨と私は、よく一緒に音楽を聴いて、二人だけのみちたりた時間を過ごす。愛犬と音楽に彩られた人気作家の日常を綴るエッセイ集。

江國香織著
東京タワー

恋はするものじゃなくて、おちるもの——。いつか、きっと、突然に……。東京タワーが見える街で繰り広げられる狂おしい恋愛模様。

遠藤周作著
沈黙
谷崎潤一郎賞受賞

殉教を遂げるキリシタン信徒と棄教を迫られるポルトガル司祭。神の存在、背教の心理、東洋と西洋の思想的断絶等を追求した問題作。

遠藤周作著
海と毒薬
毎日出版文化賞・新潮社文学賞受賞

何が彼らをこのような残虐行為に駆りたてたのか？　終戦時の大学病院の生体解剖事件を小説化し、日本人の罪悪感を追求した問題作。

遠藤周作著
王妃 マリー・アントワネット（上・下）

苛酷な運命の中で、愛と優雅さを失うまいとする悲劇の王妃。激動のフランス革命を背景に、多彩な人物が織りなす華麗な歴史ロマン。

遠藤周作著
死海のほとり

信仰につまずき、キリストを棄てようとした男——彼は真実のイエスを求め、死海のほとりにその足跡を追う。愛と信仰の原点を探る。

円地文子著
女坂
野間文芸賞受賞

夫のために妾を探す妻——明治時代に全てを犠牲にして家に殉じ、真実の愛を知ることもなかった悲しい女の一生と怨念を描く長編。

江藤淳著

決定版夏目漱石

処女作「夏目漱石」以来二十余年。著者の漱石論考のすべてを収めた本書は、その豊かな洞察力によって最良の漱石文学案内となろう。

大岡昇平著

俘虜記

横光利一賞受賞

著者の太平洋戦争従軍体験に基づく連作小説。孤独に陥った人間のエゴイズムを凝視して、いわゆる戦争小説とは根本的に異なる作品。

大岡昇平著

武蔵野夫人

貞淑で古風な人妻道子と復員してきた従弟勉との間に芽生えた愛の悲劇——武蔵野を舞台にフランス心理小説の手法を試みた初期作品。

大岡昇平著

野火

読売文学賞受賞

野火の燃えひろがるフィリピンの原野をさまよう田村一等兵。極度の飢えと病魔と闘いながら生きのびた男の、異常な戦争体験を描く。

大江健三郎著

死者の奢り・飼育

芥川賞受賞

黒人兵と寒村の子供たちとの惨劇を描く「飼育」等6編。豊饒なイメージを駆使して、閉ざされた状況下の生を追究した初期作品集。

大江健三郎著

性的人間

青年の性の渇望と行動を大胆に描いて波紋を投じた「性的人間」、政治少年の行動と心理を描いた「セヴンティーン」など問題作3編。

大江健三郎著
同時代ゲーム
四国の山奥に創建された《村＝国家＝小宇宙》が、大日本帝国と全面戦争に突入した!? 特異な構想力が産んだ現代文学の収穫。

川端康成著
雪国
ノーベル文学賞受賞
雪に埋もれた温泉町で、芸者駒子と出会った島村――ひとりの男の透徹した意識に映し出される女の美しさを、抒情豊かに描く名作。

川端康成著
名人
悟達の本因坊秀哉名人に、勝負の鬼大竹七段が挑む……本因坊引退碁を実際に観戦した著者が、その緊迫したドラマを克明に写し出す。

川端康成著
山の音
野間文芸賞受賞
得体の知れない山の音を、死の予告のように怖れる老人を通して、日本の家がもつ重苦しさや悲しさ、家に住む人間の心の襞を捉える。

開高健著
輝ける闇
毎日出版文化賞受賞
ヴェトナムの戦いを肌で感じた著者が、戦争の絶望と醜さ、孤独・不安・焦燥・徒労・死といった生の異相を果敢に凝視した問題作。

開高健著
夏の闇
信ずべき自己を見失い、ひたすら快楽と絶望の淵にあえぐ現代人の出口なき日々――人間の《魂の地獄と救済》を描きだす純文学大作。

開高健著

日本三文オペラ

大阪旧陸軍工廠跡に放置された莫大な鉄材に目をつけた泥棒集団「アパッチ族」の勇猛果敢な大攻撃！　雄大なスケールで描く快作。

北杜夫著

夜と霧の隅で
芥川賞受賞

ナチスの指令に抵抗して、患者を救うために苦悩する精神科医たちを描き、極限状況下の人間の不安を捉えた表題作など初期作品5編。

北杜夫著

どくとるマンボウ航海記

のどかな笑いをふりまきながら、青い空の下を小さな船に乗って海外旅行に出かけたどくとるマンボウ。独自の観察眼でつづる旅行記。

国木田独歩著

武蔵野

詩情に満ちた自然観察で、武蔵野の林間の美をあまねく知らしめた不朽の名作「武蔵野」など、抒情あふれる初期の名作17編を収録。

国木田独歩著

牛肉と馬鈴薯・酒中日記

理想と現実との相剋を越えようとした独歩が人生観を披瀝する「牛肉と馬鈴薯」、人間の孤独を究明した「酒中日記」など16短編を収録。

倉田百三著

出家とその弟子

恋愛、性欲、宗教の相剋の問題について、親鸞とその息子善鸞、弟子の唯円の葛藤を軸に「歎異鈔」の教えを戯曲化した宗教文学の名作。

上田和夫訳
小泉八雲集
明治の日本に失われつつある古く美しく霊的なものを求めつづけた小泉八雲（ラフカディオ・ハーン）の鋭い洞察と情緒に満ちた一巻。

小林多喜二著
蟹工船・党生活者
すべての人権を剥奪された未組織労働者のストライキを描いて、帝国主義日本の断面を抉る「蟹工船」等、プロレタリア文学の名作2編。

幸田文著
流れる
新潮社文学賞受賞
大川のほとりの芸者屋に、女中として住み込んだ女の眼を通して、華やかな生活の裏に流れる哀しさはかなさを詩情豊かに描く名編。

小林秀雄著
Xへの手紙・私小説論
批評家としての最初の揺るぎない立場を確立した「様々なる意匠」、人生観、現代芸術論などを鋭く捉えた「Xへの手紙」など多彩な一巻。

小林秀雄著
ドストエフスキイの生活
文学界賞受賞
ペトラシェフスキイ事件連座、シベリヤ流謫、恋愛、結婚、賭博――不世出の文豪の魂に迫り、漂泊の人生を的確に捉えた不滅の労作。

小林秀雄著
本居宣長
日本文学大賞受賞（上・下）
古典作者との対話を通して宣長が究めた人生の意味、人間の道。「本居宣長補記」を併録する著者畢生の大業、待望の文庫版！

斎藤茂吉著

赤光

「おひろ」「死にたまふ母」。写生を超えた、素朴で強烈な感情のほとばしり。近代短歌を確立した、第一歌集『初版・赤光』を再現。

志賀直哉著

和解

長年の父子の相剋のあとに、主人公順吉がようやく父と和解するまでの複雑な感情の動きをたどり、人間にとっての愛を探る傑作中編。

志賀直哉著

暗夜行路

母の不義の子として生れ、今また妻の過ちにも苦しめられる時任謙作の苦悩を通して、運命を越えた意志で幸福を模索する姿を描く。

島崎藤村著

夜明け前
(第一部上・下、第二部上・下)

明治維新の理想に燃えた若き日から失意の中に狂死する晩年まで――著者の父をモデルに木曽・馬籠の本陣当主、青山半蔵の生涯を描く。

島崎藤村著

千曲川のスケッチ

詩から散文へ、自らの文学の対象を変えた藤村が、めぐる一年の歳月のうちに、千曲川流域の人びとと自然を描いた「写生文」の結晶。

島崎藤村著

藤村詩集

「千曲川旅情の歌」「椰子の実」など、日本近代詩の礎を築いた藤村が、青春の抒情と詠嘆を清新で香り高い調べにのせて謳った名作集。

桐野夏生著

冒険の国

時代の趨勢に取り残され、滅びゆく人びと。同級生の自殺による欠落感を埋められない主人公の痛々しい青春。文庫オリジナル作品！

桐野夏生著

魂萌え！（上・下）

婦人公論文芸賞受賞

夫に先立たれた敏子、五十九歳。「平凡な主婦」が突然、第二の人生を迎える戸惑い。そして新たな体験を通し、魂の昂揚を描く長篇。

桐野夏生著

残虐記

柴田錬三郎賞受賞

自分は二十五年前の少女誘拐監禁事件の被害者だという手記を残し、作家が消えた。折り重なった虚実と強烈な欲望を描き切った傑作。

桐野夏生著

東京島

谷崎潤一郎賞受賞

ここに生きているのは、三十一人の男たち。そして女王の恍惚を味わう、ただひとりの女。孤島を舞台に描かれる、〝キリノ版創世記〟。

寺山修司著

両手いっぱいの言葉
―413のアフォリズム―

言葉と発想の錬金術師ならではは、毒と諧謔の合金のような寸鉄の章句たち。鬼才のエッセンスがそのまま凝縮された413言をこの一冊に。

永井荷風著

濹東綺譚

小説の構想を練るため玉の井へ通う大江匡と、なじみの娼婦お雪。二人の交情と別離を描いて滅びゆく東京の風俗に愛着を寄せた名作。

新潮文庫最新刊

須賀しのぶ著
神の棘（I・II）
苦悩しつつも修道士となった男。ナチス親衛隊に属し冷徹な殺戮者と化した男。旧友ふたりが火花を散らす。壮大な歴史オデッセイ。

吉川英治著
新・平家物語（十九）
雪の吉野山。一行は追捕の手を避け、さらに山深くへ。義経と別れた静は、捕えられて鎌倉に送られ、頼朝の前で舞を命ぜられる……。

神永学著
革命のリベリオン
―第II部 叛逆の狼煙―
過去を抹殺し完全なる貴公子に変身したコウは、人型機動兵器《リベリオン》を駆る〝仮面の男〟として暗躍する。革命の開戦を告ぐ激動の第II部。

水生大海著
君と過ごした嘘つきの秋
散乱する「骨」、落下事故――十代ゆえの鮮烈な危うさが織りなす事件の真相とは？　風見高校5人組が謎に挑む学園ミステリー。

柴門ふみ著
大人のための恋愛ドリル
年の差婚にうかれる中年男、痛い妄想に走るアラフィフ女子……恋愛ベタな大人に贈ります。小室哲哉氏との豪華対談を文庫限定収録。

高山なおみ著
今日もいち日、ぶじ日記
私ってこんなにも生きているんだな。人気料理家が、豊かにつづる「街の時間」と「山の時間」。流れる日々のかけがえなさを刻む日記。

土《つち》の中《なか》の子《こ》供《ども》

新潮文庫　な－56－2

平成二十年一月一日発行
平成二十七年六月三十日六刷

著者　中《なか》村《むら》文《ふみ》則《のり》

発行者　佐藤隆信

発行所　株式会社新潮社

郵便番号　一六二－八七一一
東京都新宿区矢来町七一
電話 編集部(〇三)三二六六－五四四〇
読者係(〇三)三二六六－五一一一
http://www.shinchosha.co.jp

価格はカバーに表示してあります。

乱丁・落丁本は、ご面倒ですが小社読者係宛ご送付ください。送料小社負担にてお取替えいたします。

印刷・大日本印刷株式会社　製本・加藤製本株式会社

ISBN978-4-10-128952-6 C0193